康巴作家群书系（第五辑）

嫩芽

李生德　著

作家出版社

"康巴作家群"书系编委会

为"康巴作家群"书系序

阿 来

康巴作家群是近年来在中国文坛异军突起的作家群体。2012年和2013年，分别在四川文艺出版社和作家出版社出版了"康巴作家群"书系第一辑和第二辑，共推出十二位优秀康巴作家的作品集。2013年，中国作协、中国社科院少数民族文学研究所、中国少数民族作家学会等在北京联合召开了"康巴作家群作品研讨会"，我因为在美国没能出席这次会议。在继2015年、2016年后，2019年"康巴作家群"书系再次推出第五辑。这些康巴各族作家的作品水平或有高有低，但我个人认为，若干年后回顾，这一定是一个重要的文化事件。

康巴（包括四川省的甘孜藏族自治州、西藏的昌都地区、青海的玉树藏族自治州和云南的迪庆藏族自治州）这一区域，历史悠久，山水雄奇，但人文的表达，却往往晦暗不明。近七八年来，我频繁在这块几十万平方公里的土地上四处游历，无论地理还是人类的生存状况，都给我从感官到思想的深刻撞击，那就是这样雄奇的地理，以及这样顽强艰难的人的生存，上千年流传的文字典籍中，几乎未见正面的书写与表达。直到两百年前，三百年前，这一地区才作为一个完整明晰的对象开始被书写。但这些书写者大多是外来者，是文艺理论中所说的"他者"。这些书写者是清朝的官员，是外国传教士或探险家，让人得以窥见遥远时的生活的依稀面貌。但"他者"的书写常常导致一个问题，就是看到差异多，更有甚者为寻找差异而至于"怪力乱神"也不乏其人。

而我孜孜寻找的是这块土地上的人的自我表达：他们自己的生存感。他们自己对自己生活意义的认知。他们对于自身情感的由衷表达。他们对于横断山区这样一个特殊地理造就的自然环境的细微感知。为什么自我的表达如此重要？因为地域、族群，以至因此产生的文化，都只有依靠这样的表达，才得以呈现，而只有经过这样的呈现，才成为真正意义上的存在。

未经表达的存在，可以轻易被遗忘，被抹煞，被任意篡改。

从这样的意义上讲，未经表达的存在就不是真正的存在。

而表达的基础是认知。感性与理性的认知：观察、体验、反思、整理并加以书写。

这个认知的主体是人。

人在观察、在体验、在反思、在整理、在书写。

这个人是主动的，而不是由神力所推动或命定的。

这个人书写的对象也是人：自然环境中的人，生产关系中的人，族群关系中的人，意识形态（神学的或现代政治的）笼罩下的人。

康巴以至整个青藏高原上千年历史中缺乏人的书写，最根本的原因便是神学等级分明的天命的秩序中，人的地位过于渺小，而且过度地顺从。

但历史终究进展到了任何一个地域与族群都没有任何办法自

外于世界中的这样一个阶段。我曾经有一个演讲，题目就叫做《不是我们走向世界，而是整个世界扑面而来》。所以，康巴这块土地，首先是被"他者"所书写。两三百年过去，这片土地在外力的摇撼与冲击下剧烈震荡，这块土地上的人们也终于醒来。其中的一部分人，终于要被外来者的书写所刺激，为自我的生命意识所唤醒，要为自己的生养之地与文化找出存在的理由，要为人的生存找出神学之外的存在的理由，于是，他们开始了自己的书写。

正是从这个意义上，我才讲"康巴作家群"这样一群这块土地上的人们的自我书写者的集体亮相，自然就构成一个重要的文化事件。

这种书写，表明在文化上，在社会演进过程中，被动变化的人群中有一部分变成了主动追求的人，这是精神上的"觉悟"者才能进入的状态。从神学的观点看，避世才能产生"觉悟"，但人生不是全部由神学所笼罩，所以，入世也能唤起某种"觉悟"，觉悟之一，就是文化的自觉，反思与书写与表达。

觉醒的人，才是真正的人。

当文学的眼睛聚光于人，聚光于人所构成的社会，聚光于人所造就的历史与现实，历史与现实生活才焕发出光彩与活力。也正是因为文学之力，某一地域的人类生存，才向世界显现并宣示了意义。

而这就是文学意义之所在。

所以，在一片曾经蒙昧许久的土地，文学是大道，而不是一门小小的技艺。

也正由于此，我得知"康巴作家群"书系又将出版，对我而言，自是一个深感鼓舞的消息。在康巴广阔雄奇的高原上，有越来越多的各族作家，以这片大地主人的面貌，来书写这片大地，来书写这片大地上前所未有的激变、前所未有的生活，不能不表达我个人最热烈的祝贺！

文学的路径，是由生活层面的人的摹写而广泛及于社会与环境，而深入及于情感与灵魂。一个地域上人们的自我表达，较之于"他者"之更多注重于差异性，而应更关注于普遍性的开掘与建构。因为，文学不是自树藩篱，文学是桥梁，文学是沟通，使我们与曾经疏离的世界紧密相关。

（作者系四川省作协主席，茅盾文学奖、鲁迅文学奖获得者，这是作者为"康巴作家群"书系所作的序言）

序一：为培养健康生活情趣而写诗歌

吴德军

我和李生德同志相识较早，他从事诗歌创作大约是从2010年开始的。最近几年，他像吃了兴奋剂，写作并发表了多首诗歌，写得颇有诗情画意。看到他的那种勤奋和韧劲，我多次鼓励他为培养健康生活情趣而写诗歌并出一本诗集。

诗歌创作是一种情感的自然释放和流露。一个人寂寞和悲愤时，喜悦和惬意时，大脑的神经就会高度兴奋，继而平时的生活积累就会从心底喷涌而出，形成一个好的作品，此时一种满足感和成就感就会在血管里膨胀。观察李生德的诗歌创作，多数是在上述情景之下完成的，写诗的过程就是他情感不断释放的过程。当疲惫的困顿被优美的诗语带走时，他久已饥渴的眼眸里充满了山花烂漫。

诗歌创作是一种自我成熟和自我鞭策。这本诗集的初稿，今年早些时候我仔细看过一篇，诗歌的内容大致可分为四个层次：地震创伤、江源放歌、故园情深和心语独白。他的诗歌以写实为主，没有抽象的影子和神秘的色彩，也没有漫无边际的凭空想象，现实生活的根扎得比较深。收录到集子里的诗歌，大多数反映了他的所思所想和心路历程，也能看到他不断成熟和自我加压的足迹。在他的诗歌里，跳跃着一种强烈的激情。

诗歌创作是一种培养健康生活情趣的愉悦方式。李生德这个人比较犟，经常三更半夜趴桌子写诗，身心透支很大。有一段时间，我看他神情恍惚，就极力劝他注意保健，养好身体，在此基础上精神饱满地创作诗歌。后来他听进去了，放下了一些放不下的东西，在纷繁杂乱的生活角落里找到了一块净土，在内心的暗流中守护着一块礁石，在否定和肯定中反复斟酌，在造境和意境中不断磨砺，写出了一些激荡心灵的诗句，也从中享受到了精神的愉悦。

李生德的诗集《嫩芽》，把许多零乱的"思想火花"收集在一起，从中可以看出他思想感情的复杂变化和真诚流露。尽管有的诗句在想象、思维及语言方面还欠些火候，但都是他用思想的细线、滚烫的手心、奔涌的情愫写成的。他诗歌里面隐喻的另一种生活，需要我们静下心来，随着诗的吟唱，去聆听，去品赏。

诗歌创作是环抱心灵、培养健康情趣的养生之道。长期坚持下去，就会在纷繁复杂的大千世界洗尽铅华，纯洁灵魂；就会去浮躁，明事理，养心性，自觉矫正自己的航线与坐标。

衷心祝愿李生德写诗的道路越走越宽，越走越好！

为之序。

序二：为李生德的执着精神点赞

才让太

我与李生德是 2014 年 5 月认识的，他是玉树文秘战线的一名"老兵"。在玉树发生 7.1 级强烈地震后，听说他为了释放强大的心理压力才开始写诗的。

公文写作与文学创作，两者既有联系又有区别。公文写作是一种规范化的动作，日积月累，熟能生巧。诗歌创作是作者将现实生活的独特感受与审美体验以诗化语言表现的一种复杂的精神生产活动。清代文学家潘焕龙在《卧园诗话》中说："绘水者不能绘水之声，绘物者不能绘物之影，绘人者不能绘人之情，诗则无不可绘。"正因为诗歌"无不可绘"，所以其创作的难度很大。

诗歌创作不仅要有良好的文化素养，而且要有敏锐的思想和深刻的感悟。李生德是一个勤奋尽责的公职人员，也是一个热爱生活的人，写诗的基本条件他是具备的。由于长期从事公文写作，思维受到很大局限，对李生德而言，诗歌创作的难度比公文写作更大。但这七八年他还是坚持下来了，而且近两三年进入了创作高峰期，一些微刊平台上不时能看到他发表的作品，让人不能不为他的执着精神点赞。

　　诗歌创作的本质属于青年和朝气蓬勃。要求作者怀着真诚的态度，在平凡的生活中发现诗意，善于捕捉现实生活中不存在的存在，不真实的真实，将事物本身和感觉经过成功嫁接，还原事物与现象一个心灵的恒久的现实。一个人上了岁数，精力毕竟有限，思想也会渐渐老化。为了写诗，李生德保持了比较好的精神状态，听说他有时候为了捕捉灵感彻夜不眠。一个天命之年的人，能有这种激情和热情是难能可贵的。在他的身上和写就的诗里，能看到青春的火焰，太阳的光芒，还有浪漫乐观的人生态度。

　　诗歌创作是一个非常痛苦的过程。李生德写诗不是为了跟风和出名，而是为了把日常生活中的事件或普通物象里有别于他人的感受和发现用恰当的语言表达出来。听说他写诗有时候非常痛苦，为了一个意象一种修辞，常常费心伤神，冥思苦想，有时候竟到了走火入魔的程度。从与李生德的接触中感到，他虽然在痛苦中挣扎着，但他的神志是清醒和自觉的，有的诗歌很有意境和味道，充满生活气息，想象和思考的空间比较大。当然，这是诗歌本身所必需的。

　　翻阅拟付梓印刷的李生德诗集，其中的文风比较朴实，语言比较流畅，有的诗歌还比较细腻柔软，有比较厚实的质感。关于他的诗歌质量、水平及其风格，这里我不敢断言，留待诗歌评论家去点评。但有一点应当肯定，李生德的诗歌是真情实感的自然流露，命运的、生活的、社会的、你的、我的、他的等等，在他的诗歌里都有一些影子，而且是朴素的、真诚的、自己的，甚至是疼痛的。不能说收录到李生德诗集里的所有诗歌都是好的，有的诗歌带有"为赋新词强说愁"的感觉，但都对现实生活或人在旅途上遇到的事件和元素进行了一番加工和思索。整体上看，李生德的诗歌有比较明显的自我精神价值取向，但先天的传承力和后天的再造力显得不足，一定程度上还缺乏诗歌不可言说的神秘性。李生德的诗歌不能与专业诗人相比，也没有可比性，但不管怎么说，他的诗歌结集出版，本身就是玉树文化精神家园一件比较重要的事，值得为之写序，为之祝贺！

诗歌是语言的炼金术，是最精美、最精炼的一种文学形式，也是文学园地中真善美的结晶，其陶冶情操、塑造灵魂、修养人格的作用是不言而喻的。当下，信息化浪潮铺天盖地，网络媒介高度膨胀，诗歌创作和发表的空间无限放大，以往诗歌纸刊的钳制和垄断格局已被打破，写诗的人越来越多。这是好事，也让人忧虑，"自娱化"的倾向不可忽视。李生德身上有一种执着精神，有一颗平常心，没有当诗人的欲望，这是十分难得的。希望他始终保持健康生活情趣，把诗歌创作作为生命存在的一种重要方式，让诗歌这一精神薪火在心灵家园激情燃烧，温情传递。也衷心期望李生德能够得到诗歌女神的垂爱和青睐，在诗歌园地结出硕果。

是为序。

目录

泣血的母语响彻高原

这天清晨
梦还在温柔海洋浸泡
震魔突然聚首
大地剧烈颤抖
温馨的家园
在弥漫的尘土中
不翼而飞
飘动的经幡哭了
洁白的哈达哭了
在哀鸿遍地的结古镇
在慌不择路的人群里
"扎西德勒，扎西德勒……"
泣血的母语
响彻高原

2010 年 4 月 14 日早晨 7 点 49 分

地震创伤

怎能忘记
4月14日这天
甘甜的梦乡
破碎在犬吠海洋
轰隆的巨响
震穿了我的耳膜
美丽的玉树
在血与火中煎熬
从此
风肆虐残暴
心哭泣号啕
夜黑暗迷茫
家流浪漂泊

我不相信

当我在温柔梦乡流浪的时候
我不相信灾难突然降临身旁

当我从死亡边缘挣脱的时候
我不相信梦从此会惊慌失措

当我把记忆重新整理的时候
我不相信家如浮云黯然飘走

当我将苦难抛给寒夜的时候
我不相信光明有时比较吝啬

当我把无助藏在心底的时候
我不相信瞬间沐浴爱的甘露

当我把眼泪留给昨天的时候
我不相信自己已苍老了很多
……

忆江南

　　2010年4月14日早晨7点49分，玉树发生7.1级强烈地震。灾难面前，党中央、国务院、中央军委紧急号召全党全军全国各族人民心系灾区，千里驰援，奉献大爱。有感于此，调寄《忆江南》，填词七首。

一

永难忘，
七点四十九。
天崩地裂日月羞，
生灵涂炭哀声愁。
灾民泪奔流。

二

地震后，
中央紧部署。
步调一致齐步走，
举国伸出援助手。

驰援玉树州。

三

灾难中,
党旗高飘扬。
基层组织主心骨,
党员干部领头羊。
玉树最坚强。

四

子弟兵,
危难显身手。
雪域挥洒无疆爱,
抢险救灾硬骨头。
奉献无所求。

五

志愿者,
如潮进来多。
废墟堆里拉血手,
送衣送粮渡冰河。
身躯当牛驮。

六

援建队，
艰辛自从容。
昨日楼台花影月，
今宵帐篷忍狂风。
重建立大功。

七

玉树人，
灾难不言愁。
擦干眼泪昂起头，
凤凰涅槃志不休。
阔步向前走。

玉树会重新开花

那个冰冷的早晨
恶魔砍断枝丫
玉树不再挺拔
我的眼泪
像脱缰的野马
灾难面前
与时间赛跑的担架
与死神决斗的兵娃
自发救援的藏族阿妈
还有匆忙赶来的阿卡
让我懂得
什么叫强大
擦干身上的血迹
掩埋同伴的尸体
我们从起跑线上出发
几年后
玉树会重新开花

下雪的日子

总是忘不掉
玉树受伤的日子
那些长满杂草的记忆
连同那些伤心的往事
在这个严冬落雪的季节
又来敲打
我锈迹斑斑的心扉
下雪了
窗外的景致好美
不知道
那些在天堂聚会的故人
是否有欣赏的机会
而我，唯一能做的
就是双手合十
祈祷天国的光辉

雪花开了又谢
谢了又开
整整过去四载
我依旧迈不开沉重的双腿

不时追逐那些难以洗刷的尘灰
好在理智的小船
没有淹没在岁月大海
今夜
在飘飘扬扬的雪花里
在高高隆起的高原上
我将一腔滚烫的热血
化为春天的潮水

我想你的时候

我受伤的时候
你从杏花江南赶来
温暖我的冰冷
种植我的期待

我痊愈的时候
你自雪域高原离开
带走你的沧桑
留下你的情怀

我想你的时候
你在异国他乡精彩
遥寄我的思念
祝福你的豪迈

想你在雪域高原

你悄悄远走的那天
我的心就骚动不安
精彩的故事还在继续
风霜却苍老你的容颜
从此，我的眼池
长满了哭泣

不是我太脆弱，而是
你沸腾的情怀温暖了
太多冰冷，如今
你丰碑一样的身影
还在雪域生长
而我的脚步，却将
惆怅踩碎了一地

你走后
孤独顽强疯长
寻遍茫茫人海
无法捕捉你的消息
雪域铸就的辉煌

凝聚成一幅英雄群像
诉说你远行的意义

心上的失落
躲藏在四月树梢
解冻的小溪唱着欢歌
寻找江河
我的思绪随季风远行
路上的雨雪
荡起层层涟漪

听说你要远行

听说你要远行
送点什么呢，这样吧
先送几句叮咛
再把思念打进行囊
然后，带上
一壶老酒

天涯孤旅
喝几口醇香的酒
你不会孤独，假如
星夜兼程，远方的
灯光，是我
为你导航

我想你
让岁月染红消息
无论你走到哪里
牵挂和等候
一直是离别的色彩

我想把这座雪山买下来

走进雪域高原
在连绵起伏的群山深处
和广袤无边的草原尽头
只要你怀揣一颗虔诚的心
勇往直前，或许能看到
一座雪山
如果你没见过雪山
就体会不到她的深邃
如果你没有亲自朝拜过她
请不要轻易谈论有关雪山的
话题，因为我怀疑
你对雪山的认识
浮在表面

从远古走到今天
这里的信仰空气般透明
在不老的时光里，斯人
像爱护眼睛和生命一样
守护着人类最后的高天净土
正因为如此，这里的雪山

静坐了几千年
等待了几千年
巍峨中独显清秀
静谧中超凡脱俗
遥远的故事水一般流淌

我眼前的这座雪山
洁白无瑕，晶莹剔透
像一个雪白的美人刚从牛奶里
洗浴过一样，白皑皑的
世界里，蕴藏着太阳的
眼睛和光芒。山岚多情地
缭绕在她的腰围，白棉般的
云朵在头顶撒欢
如果你在雪山脚下
一定会感到
此生的相遇死而无憾

这座雪山离天最近
收藏太阳的精华最多
在这里膜拜
你会看到天堂的彩图
这座雪山离人最远
一丝不染浮躁和喧嚣
在这里驻足
你会测出人生的高度

如果有可能
我想把这座雪山买下来
在一个属于自己的世界里
花一些时间阅读她的前世今生
用一种激情注解她的博大精深
如果有可能
我想把那些红尘中快要淹死的
无奈和欲望请到这里来
在雪山的怀抱里
聆听一曲
天籁之音
……

那年的约定

那年的约定
在通天河畔起航
随着奔腾的河水
流向远方

从此，你走到哪里
都能感觉到你的心跳
你的花容
装扮我生命的春天

约定在旅途漂泊
我的心藏在语言背后
等待成为每晚的主课
彻夜寻找你的方向

写给虫草

一种真菌
在漫长的冬季，开始
生命裂变的长跑
子囊孢子与蝙蝠蛾
亲密交媾，将你藏在
海拔三千八百米以上的高度
翌年六月，当你爬出地面
呼吸的时候，天南地北的人
争先恐后，前去抚摸
你的心跳

为了你，跋山涉水的艰难
阻挡不住脚下的路遥
从此，你的梦
不再安好，黑压压的人群
汇成江河，在云天相恋的
山巅，放纵前所未有的骄傲
而我的脸上，挂着
苦恼人的笑

你在喧闹的交易场上飘摇
在透明的器皿中睡觉
在餐桌上成为美味佳肴
而一些人却被瞬间的收获
熏染得心浮气躁
也许你会陪伴天荒地老
而我，只期盼草原深处
不再有流血的撕咬
耳畔始终回响嘹亮的牧歌

观玉树冰沙嘛呢胜景有感

　　玉树是嘛呢文化的发祥地之一，常见的有山嘛呢、水嘛呢、风嘛呢、石嘛呢、冰嘛呢。冰沙嘛呢为玉树所独有，距今约有一千多年的历史。每年冬季通天河结冰封河之后，成千上万的人从四面八方聚集在一起，在平整的冰面上以细沙书写嘛呢经文（六字真言，表达心中的祝福和祈祷），经反复日晒融化，沙与冰合为一体，形成独特的冰沙嘛呢景观。

——题记

这个季节，寒冷异常
没有悲壮的长号吹响
也没有村长的命令一张
只为心灵的相约
千万人欢聚一场

这不是赶集
却比赶集热闹
这不是过节
却比过节隆重

岁月的季风
从千年的隧道吹来
只为目睹苍生宽广的胸膛

何必去相约天荒地老
这一次就足够了
阿妈背着祝福
身躯如弓
大爷捧着祈祷
脚步轻盈
姑娘拉着喜悦
心花怒放
小伙挑着秘密
神采飞扬

终于
在一块平坦的河谷
祝福闪亮登场
冰沙承担主角
堆砌于通天河上的
六字真言
释放出巨大能量
虔诚的人们双手合十
火热的心
在迎春的涛声中
扬帆起航

九月的玉树

九月的玉树高原
金黄成为耀眼的暖色
风收敛不住欢快的性子
在田野尽情撒欢
麦浪扭动婀娜身姿
且歌且舞　此起彼伏
远方的村落
在饱满的欢歌中沸腾
我伸出手臂
抚摸青稞沉甸甸的头颅
汗水的味道
告诉我一个丰收的秘密

我怀揣凄凉哭了

太阳无精打采，从云缝
挤下几束弱光，几株
枯草在微风中颤抖
一只苍鹰失望地蹲在
电线杆上，几头牦牛
使劲踢打脚下裸露骨骼的
草地，无数个
张着血盆大口的黑洞里
鼠辈们的青面獠牙闪着寒光
我把凄凉搂进怀里
哭了

让风的鞭子抽打在身上

许多年了，第一次
走这么远的路
四千六百海拔
五千公里行程
检验着我的体能，还有
那些望眼欲穿的等待
拷问肩上的责任

颠簸不堪的土路
飞扬着长长的白烟
绿色被荒漠吞噬
窗外，遍地窟窿的草地
倾诉着鼠害踩躏的悲伤
几条野狼疯狂追逐一头牦牛
悲剧就在眼前

在一条小溪
我捧起一掬清水狂饮
瞬间，舌头中毒
那种苦涩从未有过

村里人说，这是他们
世代饮用的盐碱水

没有围墙的人家
几个五六岁的小孩
争抢一个破旧轮胎
土坯房里，食物的
霉味弥漫空间，昏暗的
墙角，几个病人
长吁短叹，牛粪火炉上
生铁锅饥饿的眼睛
闪着寒光

在这个生平第一次
来的地方，面对人的
尊严，苍白的
语言无能为力
一些零乱的手势
比画我内心的
忐忑不安

天黑了
野狗成群结队
奔向远方的牧场
飒飒朔风耳边震响
此刻，我想让风的
鞭子抽打在身上，然后

拖着撕裂的伤口，跑到
一个没人知道的地方
痛哭一场

遇见一个僧人

下乡路上，草原的
芳香沁人心脾，我遇到
一个披着袈裟的僧人
确切地说，是一个
尚未成年的和尚，我问他
家里不好吗？他说
想换个地方，聆听
一种微笑，说罢
他径直地走了
眼前呈现一幅
深山藏古寺的图画

天空湛蓝
白云在头顶撒欢
我的心一阵空旷
朝着僧人远去的方向
我伸出双臂拥抱太阳
然后，懒洋洋躺在地上
吸一口清新的空气
凭吊心中生锈的忧伤

此刻
没有梵音耳畔摩挲
也不见寺院的红墙金瓦
那个僧人
兴许正在发黄的经卷里
做着功课，丰满梦想
那么我呢
牧民的桃花源在哪里
沉思中，我低下了
羞愧的心

春天，听说你要来

听说你要循着
雪花的足迹
到黄河之源来
于是，我很早
就把冰冷煮开
期待你来投胎

听说你要听着
嘹亮的歌声
到长江源头来
于是，我很早
就把嗓子亮开
欢唱你的风采

听说你要捧着
绯红的请柬
到澜沧江畔来
于是，我很早
就把双臂展开
拥抱你的青睐

听说你要伴着
晨曦的霞光
到这里安家来
于是，我很早
就把心船驶开
迎娶你的情怀

我也想批注蓝天

难以想象，如果世界上
没有鹰的存在
我该怎样营造诗歌的意境

我看见一只硕大的鹰
这是我这些年看到的
最大的一只

头顶，一架飞机掠过
抬头仰望
它是鹰的复制品

如果蓝天是一片大海
白云便是浪花
鹰就是高扬的风帆

在蓝天的胸怀里
长期服役，鹰练就了一双
穿透宇宙的火眼金睛

鹰的铁翅，是它
放飞梦想的本钱
路就在脚下

鹰的姿势，是一个
美丽图腾，如果有可能
我也想批注蓝天

江源放歌

这里，唐蕃古道羌笛悠扬
雪山的故事水一般流淌
文成公主还在思念家乡
唐僧晒经的地方诵声琅琅
长江、黄河、澜沧江
发源于玉树的胸膛

屹立千年的冰川
昂首雪域情系神州
水系发达的湖泊
心向大海滋润沃土
五千年，岁月悠悠
玉树的另一个名字
——三江之源、中华水塔
响彻在中国大地上

巍巍唐古拉山脉
各拉丹冬的雪山冰川
不甘寂寞和孤独，在源头
孕育出长江，在她的骨髓里

注入百折不挠的品格和野性
一路越千峡、纳万川
渺渺茫茫，浩浩荡荡
像一条巨龙横贯中华大地
在东海放飞蓝色梦想

当年的李白，没有在
巴颜喀拉山北麓醉酒疯狂
却在千年不朽的诗海留下
"黄河之水天上来"的绝唱
在卡日曲河谷和约古宗列盆地的
怀里，黄河横空出世，展翅飞翔
以她独特的姿态和情感
在黄河流域演绎一幕幕悲壮的
剧目，最后在渤海
续写生命的诗行

吉富山麓
扎阿曲上游的郭涌曲水系
珍鸟翅舞，奇兽奋蹄
万类高天竞自由，就在这里
奔涌出一个响亮的名字
——澜沧江，从此
她身披"东方多瑙河"的彩衣
越三省，跨六国
在南海宣扬旅途的辉煌

站在三江源头
长江遥远的清波
黄河奔腾的浪花
澜沧江婀娜的风姿
激起我无限遐想
谁知道，人类社会的历史
伟大文明的延续，血脉
始终扎根在江河的故乡

阅读故乡

枕头很好，是乡思做的
每晚我枕着她的名字
睡觉，里面的情絮
沸腾头颅的血液
故乡的散文诗
在脑海浮现
展开阅读
扉页上
走着
娘

把你旅途的疲惫烧掉

你
走了
窗台上
留的影子
害怕地发抖
我给它穿衣服
被太阳光谢绝了
那就在心里点把火
把你旅途的疲惫烧掉
再到山顶望南国的枫叶

山乡的日子

你是阿爷的篓筐背大的
你是阿大的烈酒醉大的
你是阿妈的唠叨喊大的
你是我的渴望盼大的
春天，你是
男人女人田埂前的私语
炕头上温馨缠绵的故事
夏天，你是
孩子们裸着膀子的惬意
老人们哼着"花儿"的乐趣
秋天，你是
成熟和色彩酿成的硕果
女人们攀比胸脯的野性
冬天，你是
男人离家出门的一身疲惫
女人欲望涨潮时喊叫的
"哎哟，我的大哥哥……"

湟水谷地的女人

初春
湟水河伴着春姑娘的舞步
一路欢歌
湟水谷地的女人
在鼓鼓囊囊的背包里
装满温柔和絮叨
一咬牙
将自己的男人推出家门

男人极不情愿地走了
女人们的寂寞
在胸脯不停地跳动
于是，疯狂跑进田野
摆弄起模特儿的姿态
用发炎的嗓子唱起了
"阿哥们是孽障的人……"

十月
金黄色的田野
舒展醉人的微笑

孤独中长久厮守的女人
思绪被季节的色彩牵动
含情的眸子望眼欲穿
心不停地流血

忽然
蔚蓝的苍穹飞过一群大雁
神经敏感的女人
准确计算出重逢的时刻
齐刷刷扑向村口
在黑压压的人群里锁定目标
一把拉着自己的男人
掉进情感涨潮的炕头

乡思在梨花上绽放

高原的五月
雨和雪进入热恋季节
携手演绎春天的故事
空气中绿色的味道
滋润我干涸的双眼
远方苏醒的山峦
聆听我心底的情歌
沉甸甸的乡思
化为脸颊滚烫的泪水
在故乡的梨花上绽放

走不出你温柔的手心

一如磐石
常压在身躯
离家再远
饱满的乡情
始终
折磨心灵

木轮车呻吟的
黄昏，山道上滑落的
泪水，时常在梦里
团聚，走不出你
温柔的手心

榆树上轮回的
春夏秋冬，鸡窝里
传出的"喔喔"声
在茫茫心海，泛起
一串冰冷

终于跳出了农门

田埂上，歪歪扭扭的
脚印，嗓子里悲悲怆怆的
"花儿"，在骨髓里
剧烈阵痛

长不大多好

长不大多好
那些衣食无忧的
日子真好，童年
趣事，想起来
暖洋洋

虽然是个旱鸭子
心里却充满幻想
稍不留神
跳进了
门前的水塘

沙枣树飘香
黄色的花好吃
仰起头够不着
光着膀子，一骨碌
爬上高高的院墙

山上有个洞
旁边有小溪

整天去捉迷藏
浑身沾满泥浆
跑出来不见太阳

树上的苹果刚染上绿色
嘴里的口水就哗哗地流
爷爷说，红了再吃
等到半夜去偷，不料
惊动了熟睡的爹娘

长大了
背着书包走进学堂
放学后，爷爷的眼睛
在校门撒网
我淹没在村子的深巷

童年的时光里
撒欢，流金岁月
镶嵌心房
为什么长大
让我在纷乱的
尘世奔忙

别忘了土地

亘古至今
人类的意志就写在
脚下的土地，假如
哪一天她的身躯
遍体鳞伤，我不会
长出绿色的翅膀

父亲的一生
与土地藕断丝连
他说有了土地就有了
尊严和生存的权利
当镰刀把丰收搂进怀里
父亲的脚步异常匆忙

有了土地
旺盛的花草，根深的
老树，才能在阳光底层
静泊安谧，秋天的
颜色和乡村的微笑

来自土地与庄稼的酝酿
别忘了土地
否则，那一天会疯狂

悼念曾经熟谙的归途

城镇像大兵团一样扑过来
黑压压席卷整个山村
祖辈们厮守多年的庄廓院
被碾压得面目全非
辘轳井终于在一抹斜阳里走完
苦难历程，山里人多年的
渴望，在最后一次鸡鸣中沸腾
进城的童话就这样孕育成熟
并于今晚分娩

老榆树下
张大妈安抚名叫恋恋的小狗
凝固的神态庄严肃穆
张老汉哼唱着苦涩的民谣
缠绵的回音响彻山谷
今夜，我用一种
近似祭奠的手法，悼念曾经
熟谙的归途，凛冽寒风中
我甘愿当一个哨兵
守候山里人最后的
一次寂寞

你依然不改我心中的模样

一场伤筋动骨的手术
你被肢解得七零八碎
花草，树木不见了
鸡鸭，牛羊不见了
没有花圈，哀乐
没有悼词，墓碑
故乡走丢了

这么多年
你依然不改我心中的
模样，为什么不告诉我
一声，你就悄悄地走了
是谁，割断了我与你的
脐带，可知道我的梦
还悬挂在门前的杨树上
你的发香还残留在我的嘴唇上
我的思念还徘徊在你的田埂上
你的乡谣还回荡在我的心田上

真想写点什么，写你

脾胃里反刍的辛酸
写父亲犁铧翻开的
春夏秋冬，写那缕淡蓝色的
炊烟，写黑土地无私丰厚的
馈赠。钢笔在汗液里打滚
墨水在稿纸上羞涩
故乡的曾经
在我笔下站成了永恒

想念故乡

故乡太远
抚摸不到她的脊梁
今晚，我将她
挂在窗扇
目不转睛地欣赏

故乡看着我
问候与牵挂
温暖寒冷胸膛
几滴热泪，是我
献给故乡的诗行

想念故乡
奔涌的情绪无处躲藏
辽阔心域，铺展的
宣纸宽广无疆
白牡丹跃然纸上

今夜
故乡在雨雪交加的

高原流浪，游子的
思念，飞过关山
盛开在油菜花的海洋

那口辘轳井

村头的那口辘轳井
清代时就开始服役
古老单调的周而复始
将他折磨得体无完肤
如今，走完一生
苦难的旅程，在血色黄昏
悄然谢幕，再也听不到
他摇升太阳、摇落夜幕的
歌声

如果他是一名军人
胸前一定挂满了立功奖章
现在，整个身躯都在流血
没有人为这个"老者"
缝补伤口
站在井边
检阅他曾经的辉煌
我的眼池
刹那决口

那间老屋

好久没有这么清净了
躺在病榻，突然
想起了那间老屋
缓缓掀开记忆窗纱
岁月的脚印在老屋里
坑坑洼洼，还有我的
咿咿呀呀

这些年在雪域放歌
焐热我嗓子和心口的
始终是那间老屋
它珍藏着我的
生活密码，时常打开
滔滔不绝的话匣

新房子盖成后
老屋被冷落在阴暗的墙角
不论风吹雨打雷鸣电闪
再没有留意过它

有一天幡然醒悟
走进去抚摸土墙，两只手
又留下新的血痂

父亲是座山

从我懂事那天起
父亲，给我讲得最多的
是山的故事，他说
作为男人，就要像
山一样挺拔
在我心里
山路，山花，山峁
乡村，乡情，乡谣
这些与山乡有关的词语
是贯穿父亲四季的花絮

我一直觉得
二十年前的那张电报
是一个精心设计的骗局
我不相信父亲竟会离我而去
心想，父亲肯定是累了困了
抑或是病了醉了
迷失了归途
然而，这是真的
噩耗像山一样压得我喘不过气来

真后悔，事先没有测定
父亲这座山的海拔

父亲这座山倒了
我时常跑到山巅，拽下
一片云脚，捧起黄昏的
残阳，长久跪拜
仰看父亲续写山的高度
重温父亲关于山的熏陶

看望父亲

每年正月初三
我都要去看一趟父亲
这个约定，二十年
雷打不动

山巅的风好凉
通往墓地的路已塌陷
荆棘密布，石桌旁
异常干净

摆上糖果茶食
再拿出那边的通行证
还有老酒，点着纸
思念温馨

虔诚地磕仁头
倾诉世态炎凉的卑微
哭得伤心，树枝上
鸟儿窃听

父亲在天有灵
耳畔传来熟悉的声音
告诉我说，人活着
守好良心

流浪的心找不到归宿

人生没有假如
每个人无法蹚过
同一条河流
黄泉路上
青叶和黄叶常落

带着泣血的伤口
父亲走在天国的陌路
接过留下的千斤重担
如同在钢丝上行走

命运如此多舛
黄连般的日子结着苦果
门前的榆树上，挂着
酸涩的泪珠

父亲的背影在我的
相思河畔，长成
一棵参天大树，即便
硕果满枝，流浪的心
找不到归宿

父爱很疼

父爱
就是一个字
——疼

是一个巴掌
无情落下
多年以后
腚上，烙着梅花印记

是一道命令
异常严厉
多年以后
灯下，还在立正稍息

是一条鞭子
僵硬出奇
多年以后
脊背，血印见证顽皮

父爱很疼
如今，我到哪里
寻找哭泣

什么也做不到

可以想象
呱呱坠地时
母亲喜悦的模样
年轻时候，掂不出
母亲微笑的重量
步入中年，我在她
深邃的眼眶
读懂了沧桑

母亲老了
心依然拴在我身上
盼我金秋的红果林
再多一份鹅黄，而我
却什么也做不到
眼睁睁看着她被岁月的
季风，熏染得
两鬓白霜

母亲的历史

看着母亲憔悴的容颜
我真的难以想象
十月怀胎之苦，以及
一个生命的裂变延伸

看着母亲艰难的劳作
我真的难以形容
一副刚强身板，如何
在岁月的磨砺中孱弱

看着母亲耳背的神态
我真的难以描述
那些峥嵘岁月，她是
怎样遭受白眼和拳脚

看着母亲花白的银发
我真的难以理解
一个伟大女性，今生
为儿女们付出的艰辛

看着母亲疲惫的身躯
我真的难以言表
一个不孝之子，中年
万般无奈的焦虑不安

看着母亲慈祥的脸庞
我真的难以诠释
人世间的母爱，一种
来世无法忘怀的蜜糖

看着母亲弯曲的背影
我真的难以感悟
一位古稀老人，晚年
虔诚向佛的慈悲心肠

故乡的鸟儿在骂我

一个淫雨霏霏的早晨
母亲把思念打进背包
送我走出大山
从此，她望眼欲穿
等待一个又一个
晴朗的日子
母亲说
有些结果不必太在意
努力了就好
无论我走到哪儿
她全部的芬芳
都会盛开在我的枝头

母亲是一个收藏家
哪一次我吃饭最香
哪一天我面带忧伤
哪一回我调皮顽抗
记得异常清晰
如今她老了
渴了吗饿了吗

想去哪儿转转
最近血压怎么样
这些，我从未问过

今晚的月亮真圆
故乡的那轮银盘被克隆到
了天边，此刻
一个游子的亏欠
从心底奔涌而出
将我撞击得遍体鳞伤
故乡的鸟儿在骂我

枕着油菜花的名字睡觉

记事那天起
故乡的油菜花，便以
美丽的姿势，盛开
在我的心房，还有
她淑女特有的馨香
时常在血管的江河
弥漫

当夏季的风，吹开
油菜花的眼皮，我就在
田埂上撒欢，捧起
泥土中长出的自豪
零距离欣赏父亲脸上
久已封存的
笑颜

油菜花完成了一次
生命的蜕变
将一个金灿灿的世界
馈赠给秋天

身背
装满厚重的行囊
我在油菜花海醉了一场
今夜
千万别来惊扰
我要枕着她的名字
睡觉

让所有的梦在花香中飘游

没有相约
流光溢彩的七月
我如期走进油菜花海
苍天开恩，油菜花
长得分外迷人
一如待嫁的新娘
感谢七月，馈赠
我一个如花似玉的
女郎

面对多情的
花海，我的贪婪
心猿意马
不论她为谁绽放
为谁而舞
只想将她的美丽
据为己有
让所有的梦
都在花香中
飘游

秋天的自述

冰霜与雪花亲密的
时候，我怀揣昨日的
辉煌，走在
撒满落叶的路上
累了，找个幽静的地方
打理那些失去的时光
可是，颠簸的心
无处躲藏

春姑娘来了
我急忙挽起她的臂膀
为她设计嫁妆
耳畔，小燕子清脆的
声音，激发我的
灵感，顿时写下
——春天的向往

春天，一个
没有硝烟的战场
我拼命追赶太阳

黑土地里，耕牛的
气喘声，和农人的吆喝声
此起彼伏，刹那
夏天的眼睛如饥似渴
紧随她的目光
我不知不觉，走进
青山绿水的营房

一望无际的麦田，许多
稻草人零乱站在中央
吓唬那些不断侵犯的麻雀
快要落山的夕阳
黄昏时分临盆一片鹅黄
我的身躯，载着
沉甸甸的梦想
奔向远方

流光溢彩的大地
美不胜收，打开
沉重的行囊：
北山的红叶
鲜嫩的葡萄
熟透的苹果
抿嘴的石榴
饱满的核桃，逐一亮相
我如释重负
毕竟奉献了一场

庆幸此生，成为
上天的宠儿
感恩土地，感恩阳光
以及给予我生命的蓝天
拂去头上耀眼的光环
抚摸已经弯曲的脊背
我抓住自己的根须
和主题，豁然开朗
穿过岁月长河的是我
走不出岁月年轮的是信念
只要胸中珍藏初心
必将走向永远

秋天的山村

这个秋天
不属于城里的
高楼大厦，属于
很早就与早春签订契约的
山村，属于我的
热血沸腾的乡民

金色铺盖的田野
遍地渲染农人与土地的
情缘，等待分娩的
麦穗，羞答答
低下头颅
向秋天鞠躬行礼

秋天
山村无眠
收成和体面，成为
轮番炒作的话题
曾经，那些省略掉的
台词和兴奋

在打碾场上集结狂欢
炫耀庄稼人得到的尊严

沸腾的情绪
在芬芳的空气中弥漫
被秋天陶醉的夕阳
不肯回家，厨房里
升腾的热浪，胀满了
女人的丰乳肥臀
青稞酒的醇烈，欣赏着
男人的桀骜不驯

中秋之夜

今夜无眠
我在高原，你在海边
何惧山高路远
千里共婵娟

今夜无眠
玉盘中天，俯瞰人间
挂念伊人冷暖
相思越关山

今夜无眠
情感涨潮，思绪万千
遥寄片语只言
天涯盼平安

今夜无眠
杯酒斟满，共庆团圆
记住美好瞬间
亲情最香甜

今夜无眠

朝花夕拾，故事新编

展开精彩画卷

携手奔明天

农民身份的变迁

农民，一个世世代代
被人戳脊梁的符号
一个祖祖辈辈烙印在
庄稼人心里的伤疤
也是城里人茶余饭后
取乐的笑话

老祖宗说，庄稼人
种田纳粮天经地义
不然，城里人吃啥
没想过，有一天
农民能在都市的
马路上溜达

朴实的农民，始终把
日出而作，日落而息
信奉为不变的神话
那些被牛车压弯的
脊背，被犁铧深翻的
额头，都是他们

挥洒的青春年华

年复一年
憨厚的农民，昼夜
在黄土里挣扎，没有
图过啥，只是
长年累月，让城乡
"剪刀差"折腾得
担惊受怕

那个虔诚带着
迷信，崇拜夹杂
盲目的年月，农民
一边在田间地头
挥汗如雨，一边把
红皮书背得噼里啪啦
满地里爬着一群
哭喊的娃娃

终于
疲惫的乡村
发生翻天覆地变化
责任田在农民的脸上
写下动人佳话
种田不上税纳粮
还取消了教育费附加
火爆日子顶呱呱

农民头上的紧箍咒飞了
锁定身份的牌子摘了
被捆绑多年的手脚
喜获一展筋骨的权利
进城的序曲已经吹响
大部队
还在后面开拔

我的青稞酒

端起杯酒
青稞的呼吸和田园的
味道，扑面而来
刹那间，往昔的
追求和曾经的坚守
相约在晶莹的
液体里

青稞酒里畅游
暂时的虚伪深入咽喉
唇齿间流淌的情韵
翻开潮湿的记忆
潜伏于琼浆玉液的魔力
麻醉了一个坚强汉子的
腿脚

幻境徐徐展开
逝去的华年，盖着
永久封存的印章，往事
在酒海煎熬，喋血的

欲念，在心口肆虐
如飞的思绪
在酒精的润滑下
刺穿人海无助的彷徨

男人与酒

不想知道酒的前世
只想探究它转世的奥妙
或许，在黑暗里浸泡太久
或许，受不了反复的
折磨，经过千辛万苦的
跋涉，从严实的容器里
跳出来，充当
男人的干粮
解放了自己
美丽了欲望

于是，无数男人
与酒共舞，在无数次的
暴饮中，心灵深处长出
一种思想，不能向烈酒
俯首称臣，不能向陷阱
点头哈腰，执着地
将酒的性格与诱惑
演绎得五彩缤纷

高烧过后的麻痹
抵挡不住男人疯狂的
心跳，已经被酒俘虏
却依然垂涎三尺，醺醉的
紫唇，在青花瓷酒杯里
视察男人放牧的田野

清醒的男人
没有闲言碎语，将酒喝成
生活的点缀，以及
人在旅途缠绵的情怀
他们知道，捕获丰收
写一篇
秋天、秋色、秋景的佳作
酒是锋利的镰刀

记忆突然短路

今夜偷闲
餐着酒一般的月色
喝着月色一样的酒
在遥远的回忆中
寻找一份心情

酒如烈火，几杯入口
便模糊我生锈的视角
岁月的问候以写意手法
捕捉双眼的渴望，哼唱的
酒曲，在零乱的
音符中刻画世俗的卑微
燃烧的水透过清澈，点亮
生活的追求
突然，记忆短路
醉眼扫描冰冷的孤独
心情开始带血的旅行

梦中的红颜逃之夭夭

整天疯子一样迅跑
没有良药为心理疗
于是，想喝点酒
在雪花纷飞的时节
点燃内心虚假的荣耀

一个人喝酒
有没有菜无关紧要
思绪被烧灼的时候
将一口火慢慢咽下
如释重负的感觉
在肠胃开花，归途的
踉跄，在发酵的
乙醇里偷笑

酒喝微醉，花看半开
刚好，可麻醉的
神经已经疯狂
醇香变成杀手

我在狼狈里死去
梦中的红颜
早已逃之夭夭

昨 天

昨天是一曲苦涩的乡谣
令游子在天涯海角诉断肝肠

昨天是一段凝固的历史
那些结痂的记忆长满了苔藓

昨天是一杯浓缩的烈酒
浸泡着生命旅程的悲欢离合

昨天是一片枯萎的枫叶
慢慢地从相思树上无声飘落

昨天是一块伤心的墓碑
让我携带庄严前去顶礼膜拜

昨天是一只雪白的鸽子
眷恋着如歌的岁月展望未来

今 天

今天是一种存在形式
因为存在
所以真实

今天是一匹骏马
旅行赏花
马蹄留香

今天是一条河流
搏击风浪
心系彼岸

今天是一张白纸
欣描蓝图
绚丽多彩

明 天

明天
是一种内在联系
无法割舍
始终有一条红线
贯穿其中

明天
是人生驿站的前方
有时雨雪交加
有时雷电相伴
任重道远

明天
是人在旅途的行程
有时鲜花盛开
有时荆棘密布
险象环生

明天
是苦苦追寻的彼岸

你带着希望而来
他带着收获而归
承前启后

遥寄一往情深

夕阳走完了一天的
苦难旅程，将绚丽晚霞
收入囊中，兴高采烈
落下山去
托它带走一些机密
它却馈赠一个
华灯初上的夜晚
让我在今夜
想一个人

不辜负夕阳的殷勤
走进打开许久的心门
沏一壶茗茶
点一根香烟
喝一杯老酒
煮沸结痂的往事
捧读一个
熟悉的倩影

滚滚红尘

没有采到耀眼的彩虹
茫茫人海却有难言的心痛
背负的行囊轻轻松松
没有什么能慰藉冰冷
今夜，我就在远方
遥寄一往情深
让她的梦乡
五彩缤纷

想　你

曾经，意在云天的
雄心壮志，在时光里
苍老，欢蹦乱跳的
岁月，被年轮打磨得
锈迹斑斑
仅有的权利
就是想你

想你
在冰雪融化的春天
为你染一抹绿色
想你
在草长莺飞的夏日
为你种几朵玫瑰
想你
在花团锦簇的深秋
为你采两粒红豆
想你
在雪花纷飞的冬季
为你挡一些冰霜

想你
在孤苦伶仃的子夜
为你疗一把伤口

想你
在思绪纷飞的梦乡
为你擦两行眼泪

为你遮挡一些冰霜

人到中年
经常在回忆中徘徊
许多琐事尚未了却
岁月便在眼角撒网
捕捉未来的日子

这个年龄
应该激情澎湃，热血沸腾
用雄鹰的翅膀，丈量
远方的征程，因此
我愿像一只领头羊
孤独地立在草甸的
尽头，让盛开的
格桑花，为你增添
些许芳香，起风了
我愿站成一棵大树
为你的旅程
遮挡一些冰霜

你的背影

多年了
想极力忘却你
但一切都是徒劳
你走后，清瘦的
背影，在我的扉页
还是那样鲜亮

这些年
每当四月的雨季来临
情感之河就开始涨潮
除了你，没有人
能走进我的心房
我愈发坚信
这密密麻麻的雨帘
就是你为我编织的网

真的没想到
一个梦的相约
一个诺言的兑现
竟在旅途上，颠簸了

多年，走在雨里
湿漉漉的脸上，挂着
煎熬许久的沧桑
没有人为我撑起
一把伞，执着
将我带进雨夜，站成
一棵相思树

谁忘了谁都不容易

不是所有的时光
都带着忧伤
不是所有的眼泪
都含有苦涩
你的一次回眸
一个惬意的微笑
在纷乱的尘世
温暖了我的心跳
岁月静好，你能安好
我不会顾及
自己的渺小
都在旅途探索和寻找
谁没有渴望过鲜花盛开的
村庄，谁没有追逐过
似水流年的清香
假如时光倒流，或者
有生死轮回
谁忘了谁都不容易

牵挂你一生的花好月圆

似水流年的癫狂
早在时光之海沉没
像秋风扫落叶，找不到
痕迹，唯有你的影子
时常在心头缠绕
也曾努力忘却
思念还是
露出了狐狸尾巴

人在旅途
命运的风，把我吹打得
面目全非，而你
像秋天的果依然丰满
记忆的相机上，天真的
笑容很灿烂
底片没有曝光

没想到，你的
一句话，把我拖进
精心设计的陷阱

我的誓言，躲进心底的
黑洞，依旧热烈滚烫
望穿秋水的眼神
始终扇动着
希望的翅膀

风吹雨打的船上
你的身影
如潜伏的暗礁
期待像一个水手，助我
越过激流险滩，驶向
遥远的彼岸

大雁南迁
长久厮守的情愿
终于歇息，不再
企盼梦的畅想
鲜花，风景，笑颜
丰满我的灵感和意象
字里行间，牵挂你
一生的花好月圆

为你浇灌温柔田园

情人节捷足先登
抢在了除夕之前
没什么大不了的
都是新的一天
相伴的，还有
被岁月浸透的盐

往昔闭着双眼
不愿看记忆的尘篇
交替浮现
让滚烫的心，再接受
一次锤炼，告诉你
我已储备了
送给明天的内涵

今天
心上掠过一丝微风
很轻很轻
就那么轻轻一拂

便心花怒放
虔诚的泪珠，为你
浇灌温柔田园

你跟我去吗

夜张着血盆大口
吞噬了月亮和星星
风肆虐地吼
远方不见归途
索性把自己变成
一条鱼，游向海的深处

累了，找一个歇脚的
地方太难，所有的
渡口被封锁，虽然
习惯了游泳的姿势，咸水
却载不动我的寄托

海里有许多好看的东西
贝壳、珊瑚，以及其他
我是探测器，记录下
深浅、地点，还有角度

你跟我去吗？不太远
就在海角天涯，如果

不怕暗藏的闲言碎语
越过险滩，就会
有所收获

小草的心语

我是一棵小草
谁也没有在乎过我
大树面前，我弱小
庄稼面前，我瘦小
人类面前，我渺小
可谁记得，我也给
这个世界，描绘过
芳草碧连天的图画

我的生活清苦单调
没有丰盛的美味佳肴
最早迎来晨曦
露珠感恩阳光
最晚送走路人的疲惫
夜深人静
一切冰凉全部收下

我需要的不多
有雨水滋润和阳光照耀就好
至于脚下的土地，既然

给了我生命，就不再
挑肥拣瘦，我不会
像人一样
总在欲望之海
垂死挣扎

我的肌体比较顽强
白居易的野火
没有烧焦根茎
可怜人类
脆弱的生命草木一秋
既然前世的雪和命运的风
伴我成长
我就把初心
留给天涯

盼望春天

雪花的影子
晃来晃去，布谷鸟
还在去年的梦里流浪
冬天在树梢晒着太阳
我的心，等待
一声雷响

南国探亲的燕子
还没飞来，母亲
已将它的暖巢收拾好
屋檐下，静静地等待
一声呢喃
在天空飘扬

妈妈说
可能是春姑娘睡着了
去把记事簿拿来
翻到冬天的最后一张
看看请柬
是否还在躲藏

灶台使劲驱赶严冬
为让炉火更加通红
我爬上树去折枝
却被母亲阻止
她说
那是迎春的口粮

我的孙子

孙子六岁了
眼睛小，额头大
有族人的一些特征
可能是遗传基因

孙子是个乖巧孩子
很少听见他哭
啥时候睡醒来
脸上都堆着笑

孙子喜欢一个地方
经常要到书店去
到了那里
拼命地看书

孙子喜欢英语
嘴里不时念着 ABC
和一些英文单词
说的话我听不懂

孙子会看脸色
如果奶奶不高兴
他就跑过去说
奶奶别生气了我听话

孙子喜欢宁静
我说话嗓门大
他就说爷爷你别大吼
房子快塌了

孙子喜欢毛笔
经常在宣纸上涂鸦
我问他画的什么
他说爸爸妈妈

孙子对我好
常打电话问候
他说爷爷早点回来
我想你了

生活在流水线上开锅

生活，在流水线上开锅
里面的乱七八糟已经
煮煳，如果能够降温
或许睡眠比蜜香甜

如果，白天和黑夜
没有许多假如，宽大的
卧榻不会变得窄小
也不会在意他人酣眠

如果睡眠比死还难受
我情愿每天尝一次死的
滋味，这样，医院
会省下不少安眠药片

如果一觉醒来，另一个
世界站在面前，我愿
关掉房间所有的灯光
梦里等待花好月圆

风的启示

谁没见过风
谁说不上一连串
与风有关的词和成语
每天都与风亲吻，与风
擦肩而过，有谁关注过
风的颜色和本性

走过人生四季
岁月的季风，将我们的
额头犁翻得一深一浅
一歪一斜，而我们
马不停蹄地追赶
远去的风
只为那个
不忍断线的风筝

岁月是一张网

岁月是一张网

网住了我的

童年、少年和青年

原以为很结实

许多憧憬、追求和向往

从网格中丢下来

浮在时光的水上

漂走了

这把年龄

只想把生活变成

一张网，网住

亲情、爱情和友情

网来网去

自己却成了俘虏

岁月已在眼角撒网

都在思考

犁铧耕耘的时候
土地在思考，以一种
饱满的姿态和激情
拥抱春天，孕育
一个青色的梦想

谷穗泛黄的时候
秋风在思考，以一种
热烈的情绪和温柔
迎接金秋，分娩
一脸熟透的微笑

秋色凋零的时候
树叶在思考，以一种
真诚的态度和洒脱
告别枝条，化作
一团暗香的泥土

掌声谢幕的时候
你我在思考，以一种

人生的高度和胸怀
热爱生活，收获
一筐生命的硕果

难以割舍的情缘

——纪念《荒原春》杂志创刊二十周年

一

二十年前，巴燕
这块被文学冷落了
千百年的土地，突然
从血管的江河奔涌出
一股激情和骚动
曾经的荒原，长出
一抹春的色彩，从此
《荒原春》诞生了
迈着歪歪斜斜的脚步
走进久旱逢春的文坛

二十年，弹指一挥
岁月的年轮，铭刻
你太多的辛酸，血管里
呓语的童年稚趣
记载着你的天真烂漫
耕耘的故事里，隐藏的

拓荒秘密，诉说着
《荒原春》转世的
因果积缘

你在荒原上行走了二十年
步履蹒跚却坚定向前
拥抱了春天就拥有了
生命的原色，虽然尚未
长成孤标傲世的大树
星星点点和弱不禁风的花草
根须挽着根须
茎叶傍着茎叶
结成了穿越时空的
生命之网

历经艰辛不懈向前
你的傲骨始终顽强
肆虐的风和狂暴的沙
折不断你的脊梁，没有
江南春兰的柔艳，不似
北国秋菊的典雅，但你
却有巴燕土地的粗犷
荒原血脉的坚韧
和地破天惊的呐喊

二十年，匍匐了七千三百天的
挣扎，喘息，奋进，拼搏

组成一串不朽的文字图腾

传唱滴水石穿的佳话

不因弱小而自卑

不因艰难而自怨

不因挫折而自灭

在气节与挺拔中相扶相伴

在敢闯与硬拼中相爱相恋

终于派生成气势磅礴的

力量，滋润出

姹紫嫣红的春天

庆贺你的成年仪式

我的贺词里

荒芜中把握的契机

绝冷出编织的希冀

荒原上弹奏的乐章

曲折中瞩望的曙光

白首之心与青云之志

结晶的文学富矿

在这个美丽的秋季

更加夺目耀眼

聆听你的声音

捧读你的真谛

《荒原春》是我今生

难以割舍的情缘

二

巴燕，这块曾经
龟裂的土地，何时
有过文学的亲昵
尽管做过无数次追梦的
准备，却依然沉睡
古老的静寂，没有人
为灰色的背景充满好奇
那些嘲笑的眼神，始终
不敢相信，这里
会生长出春天的
希冀

二十年前，成虎先生
以开拓者的勇气
迈开沉重的步履
一路叩响荒原的
心扉，将坚韧和梦想
播进脚下这块土地

从此，文苑不再沉寂
《荒原春》的名字，成为不朽
传奇。日月轮回，岁序更替
开拓者的第一颗泪滴
在时间一明一暗的
开合中，浇灌出第一枚

春的消息，于是
文坛新兵
向着迎风飘扬的旗帜
膜拜，敬礼

三

没有谁责令你
在文学干瘪的荒原
开犁下种，编织梦幻
你却要翻山越岭
在一片处女地上
进行一次大规模的
"违章建筑"和文学试验

不是一时的心血来潮
而是你的爱心孕育太久
不得不在《巴燕春苑》
这块园地，妊娠分娩
放牧情感。从此
我们拥有了绿色的摇篮
拥有了放纵思想的家园

你的童年
稚嫩的缠绵围着打转
怎受得尘世太多的变迁
再三思量，年轻的心

尚需打磨锤炼，于是
《荒原春》肩负重担
奔向新的一天

承载一代人的滚烫誓言
《荒原春》，历经风霜岁寒
锻打自己的特色内涵
冬去春来，甘苦悲欢
诸多不朽诗篇呈现文坛
就连普通的化隆拉面
也走出巴燕
传遍久远

二十岁
是你成人的特权
骨髓已浸满咸盐
这是你的积淀，也是你的
辛酸，站在新的起点
我愿为你剪掉岁月过长的
指甲，用闪烁金色的
丝线，缝补你旅途上
被荆棘扎破的伤口
然后代你宣言：
为新生代再造一座
华丽宫殿

这只老虎很辛苦

——致《荒原春》总编李成虎先生

年复一年，你粗壮的手
无数次在荒原挥舞
剔破坚冰，脚下的路
串成一条迎春的河流

龟裂的手开满茧花
倔强里放飞追求
看着你坚忍的脚步
季节的风高昂头颅

不是心里揣着执着
怎能长出铮铮铁骨
欣赏你培育的花朵
文苑绽放一枝独秀

年复一年，曾经的
神话，被你破译密码
歇会儿吧，我的老虎
别总站在孤独的风口

走进一个敬老院

一座金碧辉煌的寺院
信众络绎不绝
香火旺盛，附近
有一个敬老院

黄昏的太阳
无精打采，斜照着
一排红墙砖房和院里的
荒草，两只狗草丛中
探头探脑，张望
我这个远方来客

两间房子，住着
四个老人，屋里充满
酥油和炒面的味道
其余七八间，里面
装着空气和尘土
老人们
转山　转水　转经筒
夜深了，天上的

星星讲着前世的故事
不朽的梵音，覆盖了
来世的心

我收到黑夜的贿赂很早

夕阳在山顶醉成黄昏
把橘红色的傍晚留给了我
谁能在这么短的时间思考
向往、憧憬和梦想
世间事物，从表象到深层
有几人能说清其中的
千丝万缕。你的
黑发，有人说
像瀑布，有人说
像波涛，傍晚
一些疑惑来不及解析
那就留给即将来临的黑夜吧
因为，我收到它的
贿赂很早

荷花的本性

也许从出生那天
你就没有想过盛开
只是湖水见了你
自动让出路来

你的本质特性
注定此生埋没风采
出淤泥而不染
谁会对你敞开情怀

静静地在时光之海
等待上岸的机会
既然得不到青睐
来世再重新投胎

把你留在诗意港湾

曾在绿意盎然中
脚步蹒跚，转眼间
满山遍野打转，可叹
深秋霜露，如此凄婉

青春焕发的季节，没有
想过年华短暂，如今
抚摸风烛残年的伤口
只想拥有生命的涅槃

从前一如过眼云烟，如何
躲过命运的风口浪尖
别怕，我把你做成一个
意象，每天留在
诗意的港湾

什么都没做成

曾想做一颗沙砾
为坎坷的路做铺垫
可是
路那么远
坑那么多
我微不足道

曾想做一株小草
为春天的梦披绿装
可是
树那么多
花那么鲜
我非常渺小

曾想做一道风景
为疲惫的客送馨香
可是
风那么吹
雨那么打
我哭泣怒号

曾想做一束阳光
为冰冷的心赠温暖
可是
天那么高
云那么厚
我路途遥迢

曾想做一次丰收
为乡民的笑添锦绣
可是
秋那么美
果那么甜
我忘了镰刀

曾想做一轮明月
为相约的人当哨兵
可是
夜那么深
情那么浓
我害怕辛劳

曾想做一碗汤面
为苍老的娘献孝心
可是
面那么硬
水那么凉
我没有做好

十月，我对你说

十月
我在发黄的史书里
看见了您深邃的目光
腥风血雨中，您的
眼神那么坚定

十月
我在泣血的故事里
找到了您沉重的足迹
刀光剑影中，您的
灵魂那样透明

十月
我在国歌的音符里
摸到了您厮杀的鼓点
坚硬齿轮上，您的
信念异常坚韧

十月
我在国旗的歌声里

望见了您闪光的五星
健壮呼吸中，您的
航向始终不移

十月
我在血管的江河里
灌满了那坚贞的骨气
任天荒地老，我的
信仰永不停息

树上有两只麻雀

早上出门，耳边传来
叽叽喳喳的鸟叫声
昨夜的失眠
被树上的两只麻雀
撕裂了

偷听它俩的窃窃私语
我看见，泛黄的树枝上
藏着冬天的哭泣
袅袅升腾的炊烟，摧残
饥饿的胃肠

或许，鸟语就是春暖花开
或许，声音就是等待未来
猜不透难懂的心思
它俩飞了

调整目光焦距，远方
蓝天与白云正在热恋

在温馨的港湾，它俩
做着美梦，突然
天上掉下一块馅饼

关上一扇心窗

那次邂逅，来不及
说话，你便淹没在
人海，千方百计找你
无影无踪
如果，你能留步
精彩的故事
将会出场，结局
有可能重写
真的很在乎你
虽然眼光有些粗糙
生锈的眸子上
你一直站着
我的世界，所有的
流年，都刻在
肌肤上，而你
就是那块烙印
忘记伤痛
必须关上一扇心窗

你走后

你走后
岁月像一团冰块
被冻得融化不开
我每天烧开锅
使劲地将它煮煎

你走后
寂寞在心上疯长
没有灵丹妙药医治
夜深人静时候
烈质酒驱赶孤单

你走后
日子清淡如水
始终荡不起涟漪
望着你远走的背影
我在风中大声呼喊

你走后
严冬悄然来临

原本就狭窄的心房
锁不住丝毫温暖
任等待苍老我的容颜

孕育你的春暖花开

夜垂下帷幕，我的
心空穿上黑色衣服
幻想断了翅膀
灵感忘了归途
平素一大堆活蹦乱跳的
词语不知去向，刚才
还在脑海颠簸的激情
也仓皇而逃，桌上铺开的
稿纸瑟瑟发抖，孤独的灯
告诉我，如果
梦在黑暗中浸泡，诗里
就看不到鸟语花香

夜很沉很长
从这头走到那头
似乎走过了一个春秋
想枕着你的名字睡觉
却炽热得烫手。天亮了
晨曦辞别满天星斗
破窗而入，放眼望去

一夜的疲惫，在树上
冻成孤独，唯有你的
身影，在我清澈的眼池里
像鱼儿一样，游来游去
不知道持续多久

夜四处流浪
思绪奔向远方
我把往事泡进酒杯
一些人和事立即冒出来
也冒出了你
既然你的世界早已冰雪覆盖
为何不让我孕育你的
春暖花开

这一年

这一年，时间吃了兴奋剂
仿佛还沉浸在浓厚的年味里
新年的脚步快马加鞭
不远处，春节在招手

这一年，往事不停地登场
还在焚烧心田里长的那些伤
严冬的雪花如期而至
我的痛，她哪里知道

这一年，曾经熟悉的朋友
有的忍受天国陌路上的孤独
还有的已经老态龙钟
闭上眼，容貌很亲切

这一年，我没有去过老家
听说老屋在角落里伤心哭泣
树上的苹果掉了一地
想起来，真不是滋味

这一年，你在旅途上很累
养家糊口的奔波消瘦了腰板
还要预防身边的口舌
鬓角上，银霜又多了

这一年，红果林比较吝啬
年前种植的颜色没有长出来
但得到的鹅黄也美丽
不后悔，耕耘了就好

这一年，欣慰的事也不少
年逾古稀的妈妈腿脚还灵便
孙儿欢快去了幼儿园
锅台上，备好了年饭

怀念腊月

无法计算离开家的日子
转眼间，鬓发如雪
所以，非常讨厌白色
但对雪花却情有独钟
当晶莹的六角形纷飞飘逸的
时候，干涸的大地尽可
享受一次白色的铺张
一个季节的生命也将在
银装素裹里孕育。清晨
踩着皑皑白雪，我
兴高采烈踏上乡程
去久违的乡下，体会
热泪盈眶的腊月情结

村子的巷道立着一些雪人
憨态可掬，有的身上
挂着春联，有的手上
拿着鞭炮，正在欣赏它们
栩栩如生的神态
广场上传来春雷般的鼓声

排练社火的人们在疯狂
挥洒情感，舞得汗流浃背的
老人，展示着夕阳红灿烂的
风度，几个摇摇晃晃男女身上
散发的酒味，渲染着昨夜
通宵达旦的狂欢，巷子里
到处乱窜、追逐嬉戏的孩童
提前泄露了腊月的秘密
此起彼伏不知疲倦的吆喝声
汇聚成一股力量，敲开了
迎春的闸门

人生易老，岁月不老
走出沸腾的乡下
我被腊月的气氛陶醉，多么
希望如歌的岁月和如潮的
情感，用鲜红的色彩
将腊月装订成一本精美
线装书，无论游子走到哪儿
随意翻阅，都有一种
温柔的乡音，像雪花般
纷纷飘洒

等一场雪

走了一年的路
匆忙的历程上
密密麻麻写着自己看不懂的符号
腊月张开臂膀
回家过年的请柬
从远方飞来
望眼欲穿的盛情
催我启程

不能立马动身
还未做好轻装上阵的准备
首先要做的
就是在一个良辰吉日
静静地等一场雪
孕育一个
满面春风的心情

我要在雪地里埋葬那些潦草的
脚印，甩掉超重的负荷
然后，用白描手法

绘制一幅国画
在大片大片的空白处
给浓稠的思念
留出白色空间

回家的路

家在游子的心上拽着
关于我的
姿态和情绪，冷热与温饱
是她不离不弃的收藏
远去的日子
一瓣一瓣雪花在我的
天空零落，回家路上
垂涎欲滴的胃口
狼吞虎咽着
即将到来的潇洒

不需要高德地图为我导航
一个没心没肺的人
虽然缺乏深谋远虑
但却有老马识途的本能
即便目光生锈
回家的路风景依旧
最美的
是温馨催开的泪花

回家路上
铺天盖地的雪
和星夜兼程的泪
丰满了写诗的骨架
我把寒夜的
冰冷揣在怀里，再用彩梦的
翅膀，捧起黎明的
朝霞，在家的过滤器
洗净被风霜渲染的铅华

除夕之夜

终于从雪域高原把漂泊的心拽回家
喜庆的春联温暖了冻僵的脸颊
乍响的鞭炮送走一路风尘
在外漂泊的阵痛慢慢减轻
除夕之夜
我愿患一次健忘症
从一个真实的现实
抹去虚无的从前

在中堂上点几炷香
再摆一些烟酒糖果
除夕之夜的帷幕就这样缓缓拉开
除旧迎新，想起已经作古的亲人
不时牵挂他们的衣食冷暖
拿上我的心思下楼而去
我却无法在拥堵的
巷口，给天国的人烧点纸钱

丰盛的菜肴隆重聚会
眼泪，虚伪，或者逃避

掀不起大浪，饺子锅里
真心实意被煮得沸腾
青稞酒把除夕之夜燃烧得通红
压岁钱将日历翻到新的一天

快乐过年

脸上像施了肥料，刚过
除夕之夜，胡子就疯长
整理完一张沧桑的脸
我换上了重新做人的容颜
来回转发别人的信息
太过肤浅，我摩拳擦掌
把过年当成
霍霍磨刀的休闲

走上过年的舞台
没有表演天赋，也要
隆重出场，忘了台词
不要紧，谢幕后
关键要留住精彩的瞬间
茫茫人海
只要你过得比我好
我甘心情愿
耕种你的责任田

日 子

日子，太长太长
足以用一生去体会
人生，太短太短
用草木一秋比喻就够了

来到这个世界
就是来过日子的
因每个人对日子的
诠释不同，所过的日子
结局也不同，进而
演绎出千姿百态的
人生剧目

那个年代
我的日子很黑暗
习惯了墨色的氛围
既不嫌弃夜的漫长
也不奢望光的温暖
那些日子，有的像筛子
有的像补丁，但更多的

像匕首，逼我走出
贫瘠的山乡

告别苦难，日子像服了
兴奋剂的运动员，使劲
往前冲，奋进的足迹里
淹没了许多悲怆和悔恨
翻检那些活过的凭据
日子的前世我已挥霍干净
未来的日子，牵动着
每一根神经，我必须
冬天孕育日子
春天分娩日子
夏天过好日子
秋天收获日子，这样
岁月的仓廪
才会殷实

日子是一个忠实的影子
走到哪里它就跟到哪里
它的身上
向往和梦想编织的
花环鲜艳夺目
欲望和诱惑虚设的
风景眼花缭乱
如果用足够的养料和水分
浇灌初心这朵鲜花
日子才会四季常青

怀念岳父

我一生中最重要的一个人
——岳父，悄悄走了
我使劲敲打耳膜，怀疑耳朵的
失职和忠诚，刹那
眼池轰然决堤，泪水
翻江倒海

岳父的眼睛炯炯有神
无论冬春夏秋，每天早晨的
第一道功课，就是骑着
三轮车，巡察田间地头
放牧一腔情怀

岳父的耳朵失聪多年
佩戴的助听器不尽其责
听河北梆子已是奢望
但他总是把收音机贴在
耳边，虔诚表达
对声音的期待

岳父的食欲慢慢减退
只吃小米粥和青菜
岳母想方设法哄他吃点
鸡鸭鱼肉，补充能量
可他躲进房里
强拉硬拽不出来

岳父极不情愿躺在病床
我恨不得将青藏高原
所有的紫外线采集收光
为他刮毒疗伤，谁知
医学竟有太多空白

岳父的人缘很好
村里人的大拇指齐刷刷排队
医院门口，黑压压的人流
没有挡住死神狰狞的脚步
陌生的路上，丢下我
走得好快好快

多么想拽住岁月的衣袖
可我只有撕裂的悲恸
和伤口。假如还有
生死轮回，我愿在这个
寒冷的冬季，精心破解
转世的密码，下辈子
与他永不分开

续写前半生未央的情书

曾疯狂跑到山巅
拼命拽住彩云的手
居高临下
走过的路在心海淹没
没有超凡脱俗
没有丰碑一座

在心田撒下几粒种子
期待秋天的枝头
有鹅黄闪烁，嫩芽破土
一种幻想占领思维高度
拔苗助长，用夭折的
生命果腹

也曾用珍珠霜拴住
岁月匆匆的脚步
青春与我擦肩而过
梦里红颜已去
心中的桃花源还未涉足
半场剧目悄然结束

朝前走了去，眼角的
余光，迅速探望
未来的征途。不期待
红果林果满枝头
只想用浪漫笔触，续写
前半生未央的情书

我拿什么做过冬的口粮

田野上，忙碌的人群
像开闸的水奔向远方
留下一片狼藉
已经捡拾不到想要的东西
只有一些枯草、残枝和鸟叫
我拿什么做过冬的口粮

秋天渐行渐远
心的桑田开始撂荒，摘下
时光影集里的一片枫叶
看它的生命火焰，如何
给一个天涯孤客，带来
热烈渴望。走过的路上
我捡起一块石头，追问它
施了什么法术，把一个人
变成铁石心肠

用足够时间阅读冬季

这个季节
冰雪和朔风交织在一起
送走寒夜，驱走孤单
真的需要你的柔情蜜意
不想分离，是我唯一的
主题

挽留你
就像老农挽留秋色
枯木挽留树叶，久旱期盼
甘霖，这样庄严隆重的
仪式，在我心里
举行过多次，如果还有别的
方式，我宁愿把自己
变成一个白痴

挽留你，撕心裂肺的
声音，在冬夜哭泣
雪地上，歪歪斜斜的
脚印，是一个痴情人

隽永的情义
思考生与死这个哲学命题
我要用足够时间
阅读冬季

饥渴的眼眸充满了山花烂漫

江南的繁花似锦
与这里的春寒料峭
形成强烈反差，雨雪交加的
天气，变幻我复杂的心情
严冬的褴褛，藏不住
春天的消息

激动的情绪，在季节的
翅膀上闪动，鸟语
将孤旅的疲惫化为乌有
杨树上点缀的鹅黄
对我说，春姑娘
即将登台表演

视觉的冲击力逐渐增强
目极的远山，积雪
缓缓消融，青色
正在顽强生长
久已饥渴的眼眸
充满了山花烂漫

鼓浪屿抒怀

一

如果不是《鼓浪屿之波》
在耳畔萦绕多年，我或许
记不住她的名字，也不会
在她怀里，以文思泉涌的
感觉，写下一首
关于她的情歌

我从雪域而来
带着一副被沙漠季风熏黑的
眉头，和高寒缺氧摧残的
身板，在这个美丽地方
听鼓浪涛声
似曾相识的目光，扫描着
一个天外来客，幻觉化为
三生石，映照出前世的
风花雪月

漫步在细软沙滩

我用潮湿的手指，写下
"观海听涛"四个大字
温柔的海风送来海子的诗
我也要像他一样，从明天起
做一个幸福的人，爬山
散步，环游岛屿，再造
一座房子，面朝大海
春暖花开

暂时把一切抛之脑后
大口吸氧，小步慢跑
再把眼睛和耳膜擦亮
在这些斑斑驳驳的光影里
聆听鼓浪屿扑朔迷离的故事
欣赏她婀娜多姿的神韵
然后，让她在我心上
站成爱人的模样

路边的三角梅娇艳欲滴
我不敢惊扰她的花期
怕她的美丽突然哭泣
也不想行色匆匆离去
怕她的暗香，落进脚下
这块土地。如果可能
我想办一张绿卡，在一间
属于自己支配的房子
净手，焚香

养花，弹琴
用充裕的时间，冲洗
一张又一张似水流年的底片
以足够的耐心，迎候
一拨又一拨心灵皈依的游人
……

二

在温柔沙滩，遇到
一些捡拾贝壳的人
在岩石山巅，遇到
一些观看日出的人
聚散离合的场面
激活了天涯放歌的
音符

宁静的夜晚，不敢
惊扰疲惫旅人的梦乡
打开白天丰收的行囊
摩肩接踵的人流
南腔北调的话语
将沸腾与喧嚣演绎得
风生水起，忘记了
时间的流转
往日的奔忙

码头拴不住离别脚步

汽笛嘶鸣着归程消息

生命中的一次相遇

即将落幕，幸福的

日子里，过往的游人

美丽了旅途风景

潮起潮落，花开花谢

奢求不多，只想在这里

抚琴吹箫，泼墨作画

为尘世间的擦肩而过

阿弥陀佛……

三

这里，没有鳞次栉比的

高楼，阻挡辽阔视线

清新的空气，洗涤着

尘世的喧嚣，温柔的阳光

遮盖了内心的浮躁

一条条头发般稠密的巷子

五颜六色的招牌，和川流不息的

人群，将一幅现代版的

《清明上河图》，展现眼帘

来时的一路风尘

已经冲刷得干干净净

生活的流水线不再忙碌

睡眠在温柔时光里浸泡

不想让自己定格成
现在这个模样
鸟语花香的季节
在这个桃花源
为前世的自己梳妆打扮
等候一则
由远及近的消息
放牧一程
关山路遥的归期

四

大海涨潮的时候
一排排海浪由远及近
排山倒海的气势，瞬间
定格眼池，惊涛拍岸的
油画顷刻诞生，感谢
大海，将汹涌的灵感
给我送来

海上日出时候
我在日光岩顶拥抱太阳
蓬勃日出唤醒一条条
纵横交错的巷子，百鸟的
叫声，在凤凰树上
此起彼伏，我的诗歌
在晨曦中出海

海风轻吹的时候
陈年旧事和生锈往事
被吹得无影无踪，那些
风霜雨雪的日子停靠在
温馨港湾，菽庄花园
悠扬的琴声，将启程的
泪花遮盖

作为男人，我有一个
宽大胸腔，虽然珍藏着
历史的天空和岁月沧桑
但却没有大海坚硬的意志
骨髓里始终没有长出
经受风吹雨打的
悲壮风采

多想留住梦的衣裳，为我的
诗增添一些芬芳，使行囊
慢慢丰厚，让风景渐渐迤逦
登上轮渡码头，我将心留在
这里，为你暗淡大漠孤烟
为你等待春暖花开

牵着你的手

给海枯石烂和天长地久
涂上最美颜色
这是我所有的伎俩
但不是蜜语甜言
牵住你的手，宛如捧着
一本厚实的书，春天的
故事永远读不完

奔跑在雪花纷飞的冬天
一只手抚摸季节的脉搏
一只手捧着雪花的盛情
厚重的脚步踩着银色的梦
孕育春天的反应就此开始
相信她会阔步向前

期待春暖花开已经很久
只能快马加鞭，星夜兼程
滚烫的心，指引前方的
路线，马拉松跑道

丈量我脚印的深浅
你手心的温度
温暖了我的沧海桑田

让你的呼吸带上春天的芳香

盼春的心情
胜似孩童巴望过年
发出的信笺足有一筐
滚烫的话语羞死了星光
我的情书就是这样疯狂

严寒拼命走着前方的路
麻雀到处寻觅充饥的口粮
夜里，灵魂深处升起太阳
温暖了一度冰冷的胸膛
融化的眼泪无处躲藏

单调的背景缓慢谢幕
春天启程了
万紫千红在前方微笑
给真实的思想做一件春装
再让你的呼吸带上春天的芳香

期盼的虔诚感动了上苍
睡眼惺忪的眸子醒了

春天的序曲，化成

慰藉心灵的鸡汤

漫漫寒夜迎来了黎明的曙光

五月，雪一直在下

五月，身披洁白银装
脚步蹒跚，在冬天的网上
寻找突破口，苍穹
不断繁衍阴霾
远方一片迷茫
雪一直在下

冰雪覆盖在老树枝丫
炫耀它创造的美景
不想留存那些精彩瞬间
只关心枯木逢春
盼含苞待放的嫩芽
尽快说话

俯下身子
注目地上厚实的积雪
埋怨五月像一个
容颜衰退的女人
看不到她的
丰乳肥臀和青春焕发

其实，春天的脂肪
早已在五月的肌肤蠕动
晨曦洒满脚下的路
挽着春姑娘的臂膀
在相约的旅程上
我给她医疗伤疤

影子也漂亮

周围，潜伏着许多
嘴唇，污浊的空气中
暗算随时爆发，茫茫人海
我在那些舌尖上
躲避彷徨

黑夜赶路，有的人
总在背后羁绊
我不怕受伤
既然选择了拂晓
就要采一枚晨光

在湿漉漉的雨里
寻找一串洒落的记忆
那些妒忌的眼睛发着冷光
好在我的心空白昼般透亮
他们把巴掌打在自己脸上

有几个想不劳而获的人
常指着那些奖状嘲笑

他们哪里知道
辉煌的背后写满沧桑
不与无聊同行
只要身正
影子也漂亮

想念青稞

弱冠之年，青稞扎嘴
甚至厌倦她的存在
心想，如果能够吃到
白面馒头，一定
不再想那种酸涩的味道
多年后
我再也没有见过青稞的
长相，只在超市里
见过她昂贵的身价

把时光拉回到从前
我不知多少次抚摸过
青稞的脸颊，聆听她
清脆、悦耳的
拔节声音，绿色的
海洋，起伏着
高亢的"花儿"
日子的梦想
在田野飞舞开花

青稞茁壮的盛夏
轻风伴着我的欢歌
为她美丽的图腾
披上彩霞
那时
热泪盈眶的，是我
且歌且舞的，是我
延续了生命的，是她
灿烂了岁月的，也是她

吃着青稞面长大
又背着青稞面跳出农门
再没有开启过关于她的话匣
不是我忘了她的姿势
而是曾经熟悉的土地上
青稞的身影越来越远
嗅不到那股清香的味道
看不到一种生命的挺拔

如今，厌倦了都市的
繁华，又情不自禁
想起青稞的伟大
面对飘在云上的日子
以及不断膨胀的计划
青稞的味道
悄悄在舌尖驻扎

笑容在草原的帐篷歇脚

冬的忧伤羞涩地低头
天空阴沉的脸终于放晴
生长在山顶的阳光
静谧安详，心洗刷得
像一块白布，和煦的风
吹着绿色灵魂，四处乱窜
笑容在远方的
帐篷歇脚

山峦披着翠绿纱巾
青春的姿态，将蛰伏许久的
神经激活，我的手上
写满祝福，热烈滚烫
青色的炊烟散发着
奶茶的清香，卓玛的
温柔，翻开我前世的
风花雪月

心中的牡丹

为了心中的牡丹
宣纸上不知画了多少张
我用粗糙的双手一直捧着
她的哭泣，从粉色的
外围开始，一直向
胭脂般的花心传递
呼喊着，给我一点空间
——我要盛开

季节错乱，牡丹的
心愿正在与春天密谈
饱满的情绪，催促
焦茶色的枝干将她托举
然后，在明暗深浅的
花叶里，隐藏一些
深深的寂寥
让高原上吹去的风
带走似水流年
淡淡的清香

如 果

如果，走过的路
还能再走一次
我诚愿抱紧时光
为遥远的昨天
修一条坦途

如果，失去的梦
还能重现一回
我情愿留住黑夜
为曾经的追求
点一炬蜡烛

如果，流过的泪
还能晶莹一颗
我甘愿敞开泪腺
为生锈的眼睛
洗一扇心窗

如果，爱过的人
还能回眸一笑

我自愿倾其所有
为偶然的邂逅
送一句祝福

如果，美丽的花
还能精彩一生
我宁愿长相厮守
为永久的绽放
献一份执着

不需要眼泪安慰我的孤独

我一直在寻找一次机会
唤醒身上所有的文学细胞
激发全部的创作灵感
用多情的笔触，零距离写出
阔别多年的故乡的名字
走进村口，曾经茂盛的
那棵榆树早已枯死
数不清的枝条顽强地
伸展手臂，向苍天讲着
自己的前世和裸露的哲学
熟悉的麻雀飞得无影无踪
美丽的花儿带着深深的依恋
与泥土为伴，我的情绪
瞬间决堤，泪水的海洋
不见故乡的影子

眼泪始终是懦弱的表达
不需要它假惺惺地安慰
我的孤独，盼望在一个
云淡风轻的夜晚，聆听一次

庄稼拔节的声音，吮吸几口
麦田醉人的清香，然后
再跑到草垛底下，接应
屏住呼吸掏鸟窝的伙伴
遗憾的是，我已无法
将这些美丽的奢望装订成
炫耀的辉煌，只能在
寂寞和悲伤发作的时候
在灵魂深处，为我的故乡
祈祷一次生命的涅槃
……

心在闹市的枪林弹雨里哭了

多年了，跳出农门的
情景依然心惊肉跳
熟稔的乡路，在背叛里
哭泣，直至现在
梦魇如影随形，幸好
一切都已过去，只有
一串又一串歪斜的脚印
拿着尺子，丈量着
过去与现在的距离

喧嚣和噪音此起彼伏
飞快的节奏拷打着我的思想
身上的神经集体罢工，我
只属于梦中的自己
长在故园矮墙上的相思熟了
儿时顽皮的影子
唱着歌儿
打着秋千

我是真实的自己

想把苍天捅个窟窿的
胆子没了，曾经的
凌云壮志被时光磨钝
现在拥有的，除了
一脸的违章建筑
和松弛的皮肤外，就是
日渐消瘦的眼神
和天荒地老也不改变的
乡音

归途消失在地平线之下
青稞的家园埋了
蓝色的炊烟走了
田埂上提着镰刀奔跑的
年轻汉子老了
我决定去一趟老家
纵横交错的马路
像女人的头发
鳞次栉比的高楼折断了
我遥望的视线，四面八方
飞驰穿梭的车流像无数颗
射向自己的子弹
我的心，在闹市的
枪林弹雨里哭了

明天的备忘录

如果明天大雪飞扬
我要学会一个姿态
踏雪寻梅，为乡恋
裹紧单薄的衣裳

如果明天艳阳高照
我要塑造一种境界
宠辱不惊，为乡音
寻找落脚的地方

如果明天风雨交加
我要签订一份契约
信守诺言，为乡谣
耕耘繁殖的土壤

如果明天云淡风轻
我要准备一顶花轿
长途跋涉，为乡思
迎娶梦中的新娘

如果明天乌云密布
我要背好一副行囊
翻山越岭，为乡关
送去丰收的食粮

如果明天秋高气爽
我要带着一颗童心
望远登高，为乡情
放牧金色的村庄

进入冬眠的思想长出了梦的翅膀

我无法确切地认识一些事物了
黑夜越来越陌生，平常很要好的朋友
突然叫不出他的名字
不知道黑夜背叛了我
还是我辜负了时光

那时候日子在肠胃里打滚
黑夜对我情有独钟，灵魂深处
有诸多虚寂的因子，我属于
真实的自己，自由地活着
跳上烟熏火燎的土坑，梦就像
脱缰的野马，花开的声音
弥满心房

这些年生活飞快地旋转
命运设置的骗局一个接着一个
匆忙的流水线累得筋疲力尽
子夜或凌晨的黑夜像一头猛兽
张开血盆大口吞噬了睡眠
我在充满血丝的瞳孔里

编织着笼罩时间的网

越来越不认识黑夜，是否
还有时间布道的陷阱等着
不得而知。今后会有更多的
时间陪我走进另一个黑色世界
现在疯狂和扭曲的黑夜
仿佛小巫见大巫，诚恐诚惶

既然黑夜不放过不饶恕我
何必把白天的故障拿到夜里排除
我拿起画笔用留白技法增加生活的
凝重和质感，再精心培育制服黑夜的
抗体，进入冬眠的思想长出了梦的翅膀

越来越多

一个风雨交加的清晨
我极不情愿走进一家医院
大夫的话利刃扎心
白色的墙，白色的床
迅速染白我的思想
数不清的"越来越多"
在白色的氛围中生长

华灯初上的夜晚
白昼躲进五光十色
混乱的脑海，前世的
风花雪月与今生的痴心妄想
轮番上演，一场"越来越多"的
抗打击试验也拉开帷幕

医生的问诊越来越多
拍的片子越来越多
吊瓶和抽血越来越多
难看的表情越来越多
探视的亲友越来越多

梦中的风景越来越多
活着真好的奢望越来越多

没有惊天动地的壮举
没有可歌可泣的业绩
履历表上留着许多空白
想做还未做的事越来越多
草木一秋的伤痛越来越多
极少轻弹的眼泪越来越多

白色恐怖的病历单上
吓人的结果逃之夭夭
干瘪的思想枯木逢春
经过死里逃生的折腾
心中的渴望越来越多
唱给生命的恋歌越来越多

我把感恩的心打磨得锃亮

那些年
我把听坏耳膜的乡谣
撕成碎片，在煤油灯下
研究它的肌理，粗糙的
旋律和发炎的嗓子，遮盖着
漫山遍野的青春气息
湟水岸边的女人把"花儿"
做成干粮，为枯瘦如柴的男人
送去抗击风霜的营养

南山脚下的麦苗还未泛黄
已经一片一片被饥饿偷食精光
药王庙前的矮草尚未长高
也被望眼欲穿的眼神捕获
食不果腹的麻雀在树梢哎哟
发霉的柴草味熏染着斑驳的院墙
爷爷不肯点亮那盏油灯，让我
在漆黑的夜晚看一回星光

突然，一声惊雷天空炸响

曾经的噩梦仓皇而逃
忽明忽暗的岁月清晰了轮廓
一缕清风抚摸乡民紫色的脸庞
锈迹斑斑的铁锨犁铧齐心协力
把契约种进土壤。麦穗低下了
沉甸甸的头颅，庄户人
把感恩的心捧给田野，然后
将秋天的馈赠装进心房

秋收冬藏
农家仓廪鼓鼓囊囊
成串故事在苹果树下闪亮登场
热乎乎的炕头，两口子滚烫的
话语，吓坏了偷听的姑娘
月上柳梢，似火激情无处躲藏
情感涨潮的爱河，男人和女人的
柔情飞速起航

心有余悸的我不再恐慌
走进久违的山乡，触摸
渐行渐远的思绪，整理
记忆扉页上镌刻的故事，所有的
情思情感和情节皆与土地有关
我宁愿相信生死轮回，也不愿相信
时光倒转，因为我们把感恩的心
打磨得锃亮，殷实的日子
已牢牢攥在手上

老师，您是我一生寻遍的歌

一

我的童年
是一只柔弱的小鹿
时常在深山幽径迷路
是您，变成一片皎洁的月光
伴我踏上回家的归途

我的少年
是一叶颠簸的小舟
时常被沙滩暗礁挡路
是您，储蓄一汪清澈的潮水
引我驶向安全的坦途

我的青年
是一匹脱缰的野马
时常让桀骜不驯毁路
是您，伸出一双温暖的手臂
领我走向光明的前途

我的壮年
是一个天边的游子
时常从大漠孤烟退路
是您，变成一轮火红的朝阳
陪我奔向遥远的征途

我的老年
是一个受伤的残兵
时常为苟延残喘找路
是您，站成一株芬芳的玫瑰
为我馨香崎岖的旅途

二

教师节来了
我的呼吸比以往急促
为了准备今年的献词
我彻夜思考园丁的真谛

窗外的雨淅沥淅沥
秋天沐浴着惬意的甘霖
在这个收获的季节
我的眼里全是涟漪

放牧金秋的雨夜
只为感悟一个真理
每当黎明升起，老师

总像太阳洒下一路晨曦

黑板，夜一样的土地
粉笔，雪一般的深情
黑白相间的路上
无数园丁托举着希冀

倘若还原粉笔灰淹没的笔迹
每个老师都写过巨制鸿篇
我要制作一个巨大容器
里面储藏老师的心血和奇迹

感恩记忆中掠过的明灯和路标
我的诗歌有了闪亮的主题
纵然天荒地老，心的田野
始终长满老师的亲切和暖意

生命的雨季如期而至

迟到的五月
是雨倾诉的季节
我的生命雨季也如期而至
曾经荒芜的心田，还有
那些千疮百孔的日子
悄然复活

走在雨里蓦然回首
往昔的相逢曾开出过
美丽的花，心动的岁月
也浸染过金秋的鹅黄
遮风挡雨的伞如同摆设
许多心事仍然被雨淋湿

雨一直在下，滋润得
心田开始骚动不安
渐行渐远的相思，突然
鼓胀起来，像一个女人
颤抖的乳房，一颗颗
沐雨的红豆唱起了情歌

接天连地的雨帘
编织着密不透风的网
在这个生命雨季
特别要感谢这场及时雨
洗涤我的心灵庄园，尘封的
相思撩开了神秘面纱

欣赏窗外雨的杰作，一个
美丽的容颜盛开在眼池
曾经迷人的风景跃上心扉
忘记一件事容易
而忘记一个人，将耗尽
我今生所有的时光

一座寺庙的速写

氤氲的烟岚缭绕山巅
展示深山藏古寺图画

几十只灰白的和平鸽
在寺庙金顶此起彼伏

放学的孩童活蹦乱跳
争先恐后窥探着佛堂

一群小狗竞相摇尾巴
跟在信徒身边等施舍

顶礼膜拜的游人如织
在梵音里寻找着来世

那些捕捉商机的小贩
高声叫嚣跑调的音符

转山转水转经的老人
在虔诚的时光里延年

祝 愿

清晨
我对着朝霞祝愿很久
向太阳放飞我的祈求
祝愿藏家人的生活
像醇香甘甜的美酒

夜晚
我对着星空祝愿很久
我把点燃的心捧在双手
祝愿三江源的未来
像铺满芳草的绿洲

父亲的酒壶

父亲有一把酒壶
年代久远，底款标志
模糊不清，或许是一件
文物，生前他非常爱护
走后却不翼而飞
这是我今生犯下的
最大错误

那些年月，日子长得
像剪不断的藤蔓
白天，父亲在地里刨土
晚上，陪爷爷忍受批斗
回到家里，将全部的
疲惫，倾诉给酒壶

一年的辛苦，换来庄稼
吝啬的微笑，阴暗墙角
父亲打磨银色的镰刀
偶尔看一下墙上挂的酒壶
心里诞生一连串问号
苦日子啥时候结束

大雨滂沱，庄稼地里
人们争先恐后
你追我赶，好长时间
未见父亲碰过酒壶
原来他在打碾场上
将一年的喜悦守护

秋风中，蛇形一样的
山道伸向远方
吱吱嘎嘎的架子车上
摇晃着父亲的酒壶
身躯如弓的他，将丰收
拉出饥饿的山路

家里的烟筒麻雀筑窝
淡蓝色的炊烟，始终
不见飘浮，看着父亲
空瘪的酒壶，我一边
号啕大哭，一边乞求上苍
将犯下的罪过饶恕

如今，辽阔碧绿的故乡
走进脚手架隆起的高楼
一些往事已面目全非
淡了今生，浓了来世
父亲的酒壶是我今生
最大的孤独

父亲是一本书

父亲是一本书
目录共分四章
春、夏、秋、冬
内容编排两节
贫穷与饥饿的呐喊
农人与土地的恋歌

父亲这本书
设计装帧比较精美
封面上，是他粗掌茧手
撑起的向往，扉页上
一个大写的人昂首挺立
封底，他走过的路
清晰可睹

夜色朦胧，昨夜的承诺
惊醒父亲的酣梦，他蓦地
从凉炕上爬起，飞箭般
奔向黝黑的土地
用长满老茧的双手

把希望搂进胸怀
再将绿色埋进泥土

田野被金秋染黄
微笑盛开在父亲额头
他像观看一场精彩比赛似的
欣赏汗水与真情酿成的丰收
心里想着，如何把金姑娘的
脚步留住

打碾场上
丰收在麻袋里睡觉
粮站张着血盆大口
父亲将收成装上驴车
呼我一起送粮，泥泞的
小路上，我气喘吁吁
使劲追赶一个坚强汉子
疲软的腿脚

面柜，空空如也
烟筒，麻雀筑巢
灶台上，生铁锅
睁大眼睛，嗷嗷待哺
兑水的酒精，刺伤了
父亲的泪腺

雪花与秋霜结伴而行

一同向父亲发出邀请
而他，双腿如铅般沉重
深邃的目光来回扫射
在黑土地里寻找
深埋的青春

日子刚刚露出曙光
父亲便撒手人寰
穿过岁月坎坷的
隧道，父亲还在空旷的
田野上走着。捧读
父亲这本书，我常常
为自己的无能为力
耻辱害羞

初心温暖着我的今生

终于有机会晾晒初心
我像鞭打陀螺般地
拷问自己的思想
唯有如此，才真切感受到
一个真实的存在
金色的秋天，金色的阳光
我抓住初心反复叮咛
前方是五光十色的霓虹
请准确导航
绕过那些诱惑的身影

华灯初上
一组组词语列阵排队
一个个汉字隆重登场
为初心而写的歌谣
在我的日记上
舞出婀娜身姿
心的田园
秋风扫尽一切浮尘

在时光的海里
秋天早已放荡不羁
气温越来越低
目光越来越远
穿过一层又一层迷雾
越过一道又一道高山
前世的路上
初心带着本真和本原
温暖着我的今生

一番晾晒打磨
一次灵魂洗礼
火候还嫌不够
秋天作证
我让初心再一次淬火
比钢还硬的身躯
屹立成一个哨兵
为我坚守生命的旅程

我把繁星变成了牛羊

八月和九月相互拥抱
交换不可告人的秘密

秋天追上夏天的影子
问它为什么行色匆匆

泛黄的小草抬头张望
将嫩绿的梦托给蓝天

卓玛姑娘挥舞着羊鞭
调皮的眼神飞过山冈

一缕缕炊烟惜别帐篷
在天空婀娜成了哈达

夜幕下的草原很寂静
我把繁星变成了牛羊

今夜我不愿回家

不想重复去年的噩梦
辽阔草原，我的足迹
把责任链子一样串起来
每一户人家摁下的指纹
在我心上盖着血红的印章
茂盛的青草和撒欢的牛羊
舒展我被风霜打粗的眉头

在小溪边驻足
盛开的野花一簇一簇
鸟儿的叫声一片一片
鸟语花香的景致沁入心扉
潺潺流水却打湿我的衣裳
牧民的脚步比往常匆忙
我高兴地向苍天伸出双手

风轻云淡的草原，我的
灵魂在牧人的梦中沐浴
小跑的马驹身后追着蝴蝶
祈祷的心语在经幡上飘动

今夜，我不愿回家，只想
枕着青草入眠，彻夜欣赏
牧歌的温柔

我没有培植好秋天的根

经年中掠过的深秋
将斑斑驳驳的岁月
筑成一座山峰，展示
人在旅途的高度
站在山顶高瞻远瞩
那些食不果腹的日子
依旧蜿蜒成蛇形

学着父辈的姿势
我挥汗如雨，并将汗水
播进泥土，胜过信徒的
虔诚，换不来满目繁华
庄户人如弓的身影
在我饥寒交迫的眼中
站成一个时代的丰碑

空瘪的心里，火红的
秋天已燃烧过多次
期盼许久的红灯笼
始终未在满山遍野绽放

怀揣向往和憧憬
我在怒吼中为生活
撕开了一个口子

大半生时光在追赶秋天
没有读懂父亲与土地的恋歌
也未找到母亲深埋于
黄土地的青春
我是秋天的罪人
没有培植好秋天的根
渲染秋景时，竟忘了
早春的那抹鹅黄

诗歌是我存在的另一种形式

没有看破红尘的伤痛
也没有遁入空门的
勇气，生活的流水线
虽然开锅，毕竟还有
一些鸟语花香
和姹紫嫣红
这个人间，除了肉身
诗歌是我
存在的另一种方式

富有幻想的年龄一去不返
朝气蓬勃的岁月
骑着白驹远走，我没有
向天再借五百年的奢望
假如还有二十年光阴
我会把国事家事风声雨声
写得风生水起，虽未
得到诗歌女神的青睐
作为灵与肉的组合体
离开了诗歌，我的

生活将黯然失色

深夜来回翻烧饼的时候
我将有别于他人的感受
积攒起来，待储存的
容器日渐丰满
便像抽水机那样
把获得的元素送给大脑
锤炼，活蹦乱跳的
意境和文字挺身而出
在旅途上成为一道风景

好多日子没有写诗
我的心超越时空
去追寻曾经的诗魂
忽然有一天
你的，我的，他的
社会的，生活的，命运的
还有梦想、美丽和憧憬
组成强大阵容向我袭来
一些丑陋和卑鄙迅速撤离
诗的家园，浮现我的
前生今生和来生

这个冬天藏不住太多寒冷

华北平原的雪轻柔
飘起来像个妩媚少妇
落在地上很温暖
扫庭院，堆雪人
思绪就逐渐盈满起来
在旷野踏雪行走
自己的心空也散落起雪花
过滤了一些浮躁喧嚣
净化了梦的思想

在异地读雪
情不自禁且神情专注
美丽，冰洁，温柔
所有词语还嫌不够
寂寥，单薄，冷漠
是对雪最大的亵渎
微风中，羽毛般的形态
飘逸着我的缕缕乡愁
却遮不住射向雪域的目光

我的眼神在雪域凝固
曾经的警惕和坚守
以及理直气壮的谢绝
没能绊住鹅毛大雪的脚步
如狼似虎的淫笑
裸露出它的狰狞面目
洁白与冷酷，导演了
一场人间悲剧
我的诗句异常苍白

并不是所有的夜晚
都蛰伏迷茫
也不是所有的白昼
都充满苍凉
冰天雪地
顽强开辟的生命线
深山沟壑
雪中送炭的救命草
让大爱长成太阳
牧民笑了
牛羊欢了
感恩的泪热了
因为如此，这个冬天
藏不住太多寒冷

对雪的爱恨情仇

雪，白色的精灵
飘飘洒洒的舞姿
看一眼，心底就铺满
纯洁的美，尤其她的肤色
任何一种颜色都难以媲美
白色的火焰和洒落的爱
曾经根植在我的骨髓

这些年，许多刻骨铭心的
岁月，浸泡在雪海里
珍藏的那份情感急剧降温
白茫茫的荒原
虚幻更加虚幻
迷茫更加迷茫
行人凹凸不平的脚印
像一条又一条沉重的锁链
牧犬画出的梅花乱七八糟
我的良心在雪地发慌

雪让我想起很多

为什么小小冰片会繁殖
翻江倒海的眼泪，为什么
面对白色，却心生苍凉
为什么白驹过隙鬓发如雪
却留不住那么多美好时光
为什么岁月早在眼角撒网
却不敢丈量远方的路程
为什么发霉的心事等待晾晒
却不敢兑现赊欠岁月的白条
冰天雪地迟早会被灼热的
胸膛融化，而我，是否
解甲归田，白头到老
依然洁白无瑕
一尘不染
……

每个日子都是笑的结晶

氤氲眼眸上演的一些情愫
逐渐盈满我瞭望的视角
深藏心底的秘密
在经不起诱惑的梦中
凝固成一个美丽图腾

湿漉漉的秘密没有褪色
依然不改当初模样
灿烂笑容溢满情笺
我的岁月热烈而充实
每个日子都是笑的结晶

有时候我也很疲惫
相思的帆使劲膨胀
超负荷运转的思想
将一个与你有关的故事
叙述得缠绵深沉

好多梦叠加在一起
根系发达的枝叶上

满是伤痕累累的情丝
如果用心去抚摸和慰藉
我的驿站将姹紫嫣红

你远行的路上
牵挂时刻驻扎心头
灵魂深处的愿景
在血管的江河奔流
动地感天的心永远赤诚

稻草人

用木棍和枝条
做一些奇形怪状的骨架
再用野草和秸秆包裹
肚里装一些乱七八糟
然后，穿上衣服
稻草人就这样诞生了
还要给它们叮嘱几句
站直了别趴下
活出个人样来
这是必不可少的
一道程序

庄稼抽穗的那一天
一个又一个稻草人
摆着各式各样的姿势
挺立在麦田，即便
月黑星稀，纵然
雨淋风吹，总是
居高临下，神情庄重
以守护神的姿态

和自己特有的方式
履职尽责，兑现
曾经的豪言壮语

庄稼成熟的时候
稻草人脸上堆起忧伤
隆重登场时的诺言
已经践行，那么
精彩谢幕后能否享受
家的温柔？收获的
庄稼去了该去的
地方，空旷的麦田
稻草人依旧站着
有多少人在乎过他们
孤单的身躯和曾经
高昂的头颅

门前的果树

门前的这棵果树
枝条很优美，柔软的
身姿和动人的曲线
胜过美丽少妇
画家们纷至沓来
五颜六色的画布上
青春永远不老

早春三月
春天违背契约
果树孕育许久的春梦
盘算出头之日
有些规矩还得遵守
没有春姑娘许可
嫩芽不敢绽开笑容

夏天的舞台
树叶家族齐心表演
尽情展示集体智慧
茂密的绿意，为大树

坚守生命底色
树荫下，灼热的太阳
失去火力

深秋时节
萧条悄然登场
一个时序变迁
竟让树叶与枝干关系紧张
虽然有自己的观点
但在秋风扫落叶面前
原形已经毕露

隆冬到来
果树裸露身躯
枝条使劲向上伸展
在严寒肆虐的疼痛中
讲述着饱经风霜的哲学
叶子却逃之夭夭
将来生寄托给泥土

这棵果树
生命始终顽强
那些饥寒交迫的岁月
即便不停地索取
依然魂不守舍地疯长
传承几代的麻雀说
它的身上长着我的初心

启程找不到理由

一个夙愿
心里藏了很久
想到互助北山走一走
今天，身背真实的
约定，翻山越岭
在这个人间仙境
短暂停留，为心灵
找个放假的借口

北山
原是天上的一块石头
经玉皇大帝点化
飞出寂寞天庭，来到
酒乡安家落户
历经岁月风尘
满山遍野长出茂林秀竹
五谷丰登醉了人间烟火
身旁，潺潺溪水哗哗流

天上的仙女

钟情这块净土
纷纷下凡
在这里修炼拜佛
足迹踏遍每一寸
山水沟壑
从此，酒乡的故事
在发黄的史书里漫游

眺望高耸入云的
参天大树，注目
百鸟欢歌的吉祥村落
嘹亮的"花儿"飞出
土族阿姑的心窝
即便双脚一再减速
启程找不到理由

佛对我说

漫漫红尘
披星戴月赶路
悠悠岁月
风雨兼程向前
不知道生命旅程是否能开出
最美的花
大河奔流，涛声依旧
生命的恋歌永不停息
天上流云，无家可归
飘逸的姿态依然潇洒
那么，我呢？
背负的行囊装满了
莺歌燕舞，蛙叫蝉鸣
落叶纷飞，雪花飘逸
这些总嫌很少，还想
听高山流水
弄花香满衣
佛说，做一个
心静的人吧
超然物外是拓展心境的密码

远方的明媚和亮色，还等着
彩排，如果听见了花开的声音
看到了花绽的笑容
人在旅途，总有
一抹笑颜会灿烂怒放
一缕清风将踏歌而来

庆祝改革开放四十年

四十年前
中国的上空惊雷炸响
东方雄狮走进新的纪元

三中全会拨乱反正
实事求是，解放思想
全国人民团结一致向前看

一代伟人拨动历史舵盘
指引改革开放航船，沿着
社会主义大道勇往直前

四十年峥嵘岁月
革故鼎新壮志云天
第二次革命换了人间

四十年，星移斗转
包产到户威力无边
农民喜耕责任田

四十年，农业发展
家家仓廪果实满
粮食生产翻几番

四十年，攻坚克难
科学技术飞速发展
神舟飞船上九天

四十年，全球瞩目
"悟空""墨子"宇宙欢
创新驱动成果斐然

四十年，世界惊叹
大国风范泽五洲
"一带一路"谱新篇

四十年，风光无限
公路铁路连四海
港珠澳大桥显奇观

四十年，决策果断
南水北调激活资源
西气东输伟业震山川

四十年，沧海桑田
三峡工程规模空前
长江经济带效益凸显

四十年，结构调整
城镇化超过起飞线
农民心花怒放笑开颜

四十年，国力强盛
外汇储备世界靠前
快车道上巨轮跑得欢

四十年，坚守《宣言》
脱贫攻坚捷报频传，中国
为减贫事业提供了示范

四十年，教育优先
新增就业年均过千万
投资总额突破四万亿大关

四十年，认真答卷
绿水青山就是金山银山
全世界竞相观看中国答案

四十年，反腐倡廉
从严治党出猛拳
党内政治生态加速好转

四十年，指点江山
"四个全面"强势推进

"五位一体"开创崭新局面

四十年，感想在心间
盛世齐奔大有年
社会主义道路宽无边

四十年，华夏追梦甜
不忘初心志弥坚
复兴路上携手再登攀

我的树枝已憔悴不堪

秋风无情地修剪，宛如
施行了几次减肥手术
我的树枝已憔悴不堪
树叶纷纷坠落寻找归宿
鸟鸣异常清瘦
即便如此，我始终相信
你走的不是一条不归路

早年的日子能挤出苦水
但这些似乎不那么重要
在茫茫人海"大海捞针"
却是我每天的必修课
花前月下寻过你的呼吸
小桥溪边找过你的心跳
疲惫不堪赎不回一个错

漫漫长夜我经常以梦为马
几乎寻遍了所有的角落
既然走的路不是南辕北辙
只要一直往前走，或许

能在地球的一个地方相聚
如果找不到重逢的那个点
殊途同归应该是个结果

牵挂是多长距离无人知道
但这些年的等待和企盼
足以绕行地球一周
我不知道一个诺言的兑现
竟在旅途上颠簸了这么久
我更不知道一个人的心路
该怎样去探索
……

江南的风及其他

江南的初冬

风　俨然一块调色板

身着红黄暖色的枫叶

尽情遮盖着树枝的温度

树梢尚存的鹅黄

报答着岁月的馈赠

撒满幽径的落叶

悲伤着季节的悲伤

我的脑海与风有关的词语

频频闪现，风的颜色

让我彻夜难眠

这里的风温柔和暖

像一个风韵犹存的艳妇

撩起沉淀多年的一个秘密

高原的风尖锐刻薄

将我心底犁翻得坑坑洼洼

额头盖着一枚鲜红的印章

在南国一隅，莽撞和粗俗

将是一串不和谐的音符

不能在风的影子里去放飞
一叶断线的风筝

伤痕累累的落叶，宛如
一张密不透风的网
原以为自己的从前很结实
谁知道那些憧憬和向往
从网格中掉下来
在时间的水上浮光掠影
我的奢望不多，但愿
南国的风再温柔一些
缓缓吹皱我眼角的网
捕捉未来的日子

新玉树追梦的脚步已跨进春天

一段流血的时光
在我脑海里沉淀了十年
影子渐行渐远，思绪的薄膜
覆盖了结痂的伤口
心的原野，生长着
废墟上崛起的誓言

曾经的德卓滩，是一个大型剧场
重建家园的脚本策划，"五＋二"
"白＋黑"的超负荷运转
都在此地精心排练
潺潺东流的扎曲河，日夜唱着
创造奇迹的礼赞

为了校园里清脆的书声
为了头顶上那抹淡蓝色的炊烟
为了绽放居民脸上的那朵笑颜
初心锻造了无数不屈的身板
"只要死不了就往死里干"的
豪言壮语响彻云天

曾经泣血的母语
那些风中祈祷的经幡
记录了挥之不去的苦难
一方有难八方支援的亲情
将无疆大爱雕塑成不朽丰碑
流浪的心找到了停泊的港湾

经历了一次凤凰涅槃
惊心动魄的岁月犹在眼前
站在苍茫的季节腹地，鸟儿们
抖动翅膀欢度着云上的日子
雪域的阳光也分外灿烂
新玉树追梦的脚步已跨进春天

图书在版编目（CIP）数据

嫩芽 / 李生德著． -- 北京：作家出版社，2020. 5
（康巴作家群书系·第五辑）
ISBN 978-7-5212-0340-0

Ⅰ．①嫩… Ⅱ．①李… Ⅲ．①诗集 – 中国 – 当代 Ⅳ.
①I227

中国版本图书馆CIP数据核字（2019）第006468号

嫩　芽

作　　者：李生德
责任编辑：李亚梓
装帧设计：翟跃飞
出版发行：作家出版社有限公司
社　　址：北京农展馆南里10号　　　　邮　　编：100125
电话传真：86-10-65067186（发行中心及邮购部）
　　　　　86-10-65004079（总编室）
E-mail:zuojia@zuojia.net.cn
http://www.zuojiachubanshe.com
印　　刷：北京玺诚印务有限公司
成品尺寸：152×230
字　　数：138千
印　　张：16.25
版　　次：2020年5月第1版
印　　次：2020年5月第1次印刷
ISBN　978-7-5212-0340-0
定　　价：39.00元